U0856758

曾经有那样一个时代，曾经有那样一批人物，他们那样地想着，那样地活着，有些清贫，有些窘迫，却又别样鲜活。

民国风度

一种精神 一个时代

齐明月 选编

中国言实出版社

图书在版编目（CIP）数据

民国风度／齐明月选编. —北京：中国言实出版社，2015.9

ISBN 978-7-5171-1311-9

Ⅰ.①民…　Ⅱ.①齐…　Ⅲ.①散文集－中国－现代　Ⅳ.①I266

中国版本图书馆 CIP 数据核字（2015）第 086358 号

责任编辑： 郭江妮

出版发行　中国言实出版社

地　址：北京市朝阳区北苑路 180 号加利大厦 5 号楼 105 室

邮　编：100101

编辑部：北京市西城区百万庄大街甲 16 号五层

邮　编：100037

电　话：64924853（总编室）　64924716（发行部）

网　址：www.zgyscbs.cn

E-mail：zgyscbs@263.net

经　　销　新华书店

印　　刷　北京毅峰迅捷印刷有限公司

版　　次　2015 年 10 月第 1 版　2024 年 1 月第 2 次印刷

规　　格　880 毫米×1230 毫米　1/32　9 印张

字　　数　163 千字

定　　价　46.00 元　ISBN 978-7-5171-1311-9

引　言

一本好书，一份礼物。

冯友兰先生曾在《我的读书经验》一文中分享："怎样知道哪些书是值得精读的呢？对于这个问题不必发愁。自古以来，已经有一位最公正的评选家，有许多推荐者向它推荐好书。这个选家就是时间，这些推荐者就是群众。历来的群众，把他们认为有价值的书，推荐给时间。时间照着他们的推荐，对于那些没有永久价值的书都刷下去了，把那些有永久价值的书流传下来。"

越是好的文章，好的书，越是经得起时间的考验。而那些好的文章和好的书，便是需要我们去精读的书。朱光潜先生也说："读书并不在多，最重要的是选得精，读得彻底。"

所以说，对于你正在阅读的书，它之于你的意义，只有你自己才是最好的裁判。而我们能做的，便是把这样一本值得去用心赏读的小书与你一起分享。一如严文井先生所言："书籍默不作声，带着神秘的笑容等待着我们。当你打开任何一本书籍的时候，马上你就会听到许多声音，美妙的音乐或刺耳的噪声。你可以停留在里面，也可以马上退出来。"

谨以此文为引言，愿所有读书人，皆有好书读。

编者

目 录

回忆鲁迅

郁达夫

他的绍兴口音，比一般绍兴人所发的来得柔和，笑声非常之清脆，而笑时眼角上的几条小皱纹，却很是可爱。

和鲁迅第一次的相见，不知是在哪一年哪一月哪一日，——我对于时日地点，以及人的姓名之类的记忆力，异常的薄弱非要遇见至五六次以上，才能将一个人的名氏和一个人的面貌连合起来，记在心里——但地方却记得是在北平西城的砖塔儿胡同一间坐南朝北的小四合房子里。因为记得那一天天气很阴沉，所以一定是在我去北平，入北京大学教书的那一年冬天，时间仿佛是在下午的三四点钟。若说起那一年的大事情来，却又有史可稽了，就是曹锟贿选成功，做大总统的那一个冬天。去看鲁迅，也不知是为了什么事情。他住的那一间房子，我却记得很清楚，是在那两座砖塔的东北面，正当胡同正中的地方，一个三四丈宽的小院子，院子里长着三四株枣树。大门朝北，而住屋——三间上房——却朝正南，是杭州人所说的倒骑龙式的房子。

那时候，鲁迅还在教育部里当佥事，同时也在北京大学里教小说史略。我们谈的话，已经记不起来了，但只记得谈了些北大的教员中间的闲话，和学生的习气之类。

他的脸色很青，胡子是那时候已经有了；衣服穿得很单薄，而身材又矮小，所以看起来像是一个和他的年龄不大相称的样子。

他的绍兴口音，比一般绍兴人所发的来得柔和，笑声非常之清脆，而笑时眼角上的几条小皱纹，却很是可爱。

房间里的陈设，简单得很；散置在桌上，书橱上的书籍，也并不多，但却十分的整洁。桌上没有洋墨水和钢笔，只有一方砚瓦，上面盖着一个红木的盖子。笔筒是没有的，水池却像一个小古董，大约是从头发胡同的小市上买来的无疑。他送我出门的时候，天色已经晚了，北风吹得很大；门口临别的时候，他不晓说了一句什么笑话，我记得一个人在走回寓舍来的路上，因回忆着他的那一句，满面还带着了笑容。同一个来访我的学生，谈起了鲁迅。他说：“鲁迅虽在冬天，也不穿棉裤，是抑制性欲的意思。他和他的旧式的夫人是不要好的。”因此，我就想起了那天去访问他时，来开门的那一位清秀的中年妇人，她人亦矮小，缠足梳头，完全是一个典型的绍兴太太。

数年前，鲁迅在上海，我和映霞去北戴河避暑回到了北平的时候，映霞曾因好奇之故，硬逼我上鲁迅自己造的那一所西城象鼻胡同后面西三条的小房子里，去看过这中年的妇人。她现在还和鲁迅的老母住在那里，但不知她们在强暴的邻人管制下的生活也过得惯不？

那时候，我住在阜城门内巡捕厅胡同的老宅里。时常来往的，是住在东城禄米仓的张凤举，徐耀辰两位，以及沈尹默，沈兼士，沈士远的三昆仲；不时也常和周作人氏，钱玄同氏，胡适之氏，马幼渔氏等相遇，或在北大的休息室里，或在公共宴会的席上。这些同事们，都是鲁迅的崇拜者，而对于鲁迅的古怪脾气，都当作一件似乎是历史上的轶事在谈论。

在我与鲁迅相见不久之后，周氏兄弟反目的消息，从禄米仓的张、徐二位那里听到了。原因很复杂，而旁人终于也不明白是究竟为了什么。但终鲁迅的一生，他与周作人氏，竟没有和解的机会。

本来，鲁迅与周作人氏哥儿俩，是住在八道湾的那一所大房子里的。这一所大房子，系鲁迅在几年前，将他们绍兴的祖屋卖了，与周作人在八道湾买的；买了之后，加以修缮，他们弟兄和老太太就统在那里住了。俄国的那位盲诗人爱罗先珂寄住的，也就是这一所八道湾的房子。

后来鲁迅和周作人氏闹了，所以他就搬了出来，所住的，大约就是砖塔胡同的那一间小四合了。所以，我见到他的时候，正在他们的口角之后不久的期间。

据凤举他们判断，以为他们弟兄间的不睦，安全是两人的误解，周作人氏的那位日本夫人，甚至说鲁迅对她有失敬之处。但鲁迅有时候对我说："我对启明，总老规劝他的，教他用钱应该节省一点。我们不得不想想将来，但他对于经济，总是进一个花一个的，尤其是他那一位夫人。"从这些地方，会合起来，大约他们反目的真因，也可以猜度到一二成了。不过凡是认识鲁迅，认识启明及他的夫人的人，都晓得他们三个人，完全是好人；鲁迅虽则也痛骂过正人君子，但据我所知的他们三人来说，则只有他们才是真正的正人君子。现在颇有些人，说周作人已作了汉奸，但我却始终仍是怀疑。所以，全国文艺作者协会致周作人的那一封公开信，最后的决定，也是由我改削过的；我总以为周作人先生，与那些甘心卖国的人，是不能作一样的看法的。

这时候的教育部，薪水只发到二成三成，公事是大家不办的，所以，鲁迅很有功夫教书，编讲义，写文章。他的短文，大抵是由孙伏园氏拿去，在《晨报副刊》上发表；教书是除北大外，还兼任着师大。

有一次，在鲁迅那里闲坐，接到了一个来催开会的通知，我问他忙么？他说，忙倒也不忙，但是同唱戏的一样，每天总得到处去扮一扮。上讲台的时候，就得扮教授，到教育部去也非得扮官不可。

他说虽则这样的说，但做到无论什么事情时，却总肯负完全的责任。

至于说到唱戏呢，在北平虽则住了那么久，可是他终于没有爱听京戏的癖性。他对于唱戏听戏的经验，始终只限于绍兴的社戏，高腔，乱弹，目连戏等，最多也只听到了徽班。阿 Q 所唱的那句“手执钢鞭将你打”，就是乱弹班《龙虎斗》里的句子，是赵玄坛唱的。

对于目连戏，他却有特别的嗜好，他有好几次同我说，这戏里的穿插，实在有许许多多的幽默味。他曾经举出不少的实例，说到一个借鞋袜子去赴宴会的人，到了人来向他索还，只剩一件大衫在身上的时候，这一位老兄就装作肚皮痛，以两手按着腹部，口叫着我肚皮痛杀哉，将身体伏矮了些，于是长衫就盖到了脚部以遮掩过去的一段，他还照样的做出来给我们看过。说这一段话时，我记得《月夜》的著者，川岛兄也在座上，我们曾经大笑过的。

后来在上海，我有一次谈到了予倩、田汉诸君想改良京剧，来作宣传的话，他根本就不赞成。并且很幽默的说，以京剧来宣传救国，那就是“我们救国啊啊啊啊了，这行么?”

孙伏园氏在晨报社，为了鲁迅的一篇挖苦人的恋爱的诗，与刘勉已氏闹反了脸。鲁迅的学生李小峰就与伏园联合起来，出了《语丝》。投稿者除上述的诸位之外，还有林语堂氏，在国外的刘半农氏，以及徐旭生氏等。但是周氏兄弟，却是《语丝》的中心。而每次语丝社中人叙会吃饭的时候，鲁迅总不出席，因为不愿与周作人氏遇到的缘故。因此，在这一两年中，鲁迅在社交界，始终没有露一露脸。无论什么人请客，他总不肯出席，他自己哩，除了和一二人去小吃之外，也绝对的不大规模（或正式）的请客。这脾气，直到他去厦门大学以后，才稍稍改变了些。

鲁迅的对于后进的提拔，可以说是无微不至。《语丝》

发刊以后，有些新人的稿子，差不多都是鲁迅推荐的。他对于高长虹他们的一集团，对于沉钟社的几位，对于未名社的诸子，都一例地在为说项。就是对于沈从文氏，虽则已有人在孙伏园去后的《晨报副刊》上在替吹嘘了，他也时时提到，唯恐诸编辑的埋没了他。还有当时在北大念书的王品青氏，也是他所属望的青年之一。

鲁迅和景宋女士（许广平）的认识，是当他在北京（那时北平还叫做北京）女师大教书的中间，前后经过，《两地书》里已经记载得很详细，此地可以不必说。但他和许女士的进一步的接近，是在“三一八”惨案之前，章士钊做教育总长，使刘百昭去用了老妈子军以暴力解散女师大的时候。

鲁迅是向来喜欢打抱不平的，看了章士钊的横行不法，又兼自己还是这学校的讲师，所以，当教育部下令解散女师大的时候，他就和许季茀，沈兼士，马幼渔等一道起来反对。当时的鲁迅，还是教育部的佥事，故而总长的章士钊也就下令将他撤职。为此，他一面向行政院控告章士钊，提起行政诉讼，一面就在《语丝》上攻击《现代评论》的为虎作伥，尤以对陈源（通伯）教授为最烈。

《现代评论》的一批干部，都是英国留学生；而其中像周鲠生，皮宗石，王世杰等，却是两湖人。他们和章士钊，在同到过英国的一点上，在同是湖南人的一点上，都不得不帮教育部的忙。鲁迅因而攻击绅士态度，攻击《现代评论》的受贿赂，这一时候他的杂文，怕是他一生之中，最含热意的妙笔。在这一个压迫和反抗，正义和暴力的争斗之中，他与许广平便有了更进一步的认识机会。

在这前后，我和他见面的次数并不多，因为我已经离开了北平，上武昌师范大学文科去教书了，可是这一年（民十三?）暑假回北京，看见他的时候，他正在做控告章士钊的状子，而女师大为校长杨荫榆的问题，也正是闹得最厉害的期间。当他告诉我完了这事情的经过之后，他仍旧不改他的幽默态度说："人家说我在打落水狗，但我却以为在打枪伤老虎，在扮演周处或武松。"

这句话真说得我高笑了起来。可是他和景宋女士的认识，以及有什么来往，我却还一点儿也不曾晓得。

直到两年（?）之后，他因和林文庆博士闹意见，从厦门大学回上海的那一年暑假，我上旅馆去看他，谈到了中午，就约他及景宋女士与在座的许钦文去吃饭。在吃完饭后，茶房端上咖啡来时，鲁迅却很热情地向正在搅咖啡杯的许女士看了一眼，又用告诫亲属似地热情的口气，对许女士说：

“密斯许，你胃不行，咖啡还是不吃的好，吃些生果吧！”在这一个极微细的告诫里，我才第一次看出了他和许女士中间的爱情。

从此以后，鲁迅就在上海住下了，是在闸北去窦乐安路不远的景云里内一所三楼朝南的洋式弄堂房子里。他住二层的前楼，许女士是住在三楼的。他们两人间的关系，外人还是一点儿也没有晓得。

有一次，林语堂——当时他住在愚园路，和我静安寺路的寓居很近——和我去看鲁迅，谈了半天出来，林语堂忽然问我：“鲁迅和许女士，究竟是怎么回事，有没有什么关系的？”我只笑着摇摇头，回问他说：

“你和他们在厦大同过这么久的事，难道还不晓得么？我可真看不出什么来。”

说起林语堂，实在是一位天性纯厚的真正英美式的绅士，他决不疑心人有意说出的不关紧要的谎。我只举一个例出来，就可以看出他的本性。当他在美国向他的夫人求爱的时候，他第一次捧呈了她一册克莱克夫人著的小说《模范绅士约翰哈里法克斯》；但第二次他忘记了，又捧呈

了她以这册 *John Halifax Gentleman*。这是林夫人亲口对我说的话，当然是不会错的。从这一点上看来，就可以看出语堂真是如何地忠厚老实的一位模范绅士。他的提倡幽默，挖苦绅士态度，我们都在说，这些都是从他的 Inferiority Complex（不及错觉）心理出发的。

语堂自从那一回经我说过鲁迅和许女士中间大约并没有什么关系之后，一直到海婴（鲁迅的儿子）将要生下来的时候，才兹恍然大悟。我对他说破了，他满脸泛着好好先生的微笑说："你这个人真坏！"

鲁迅的烟瘾，一向是很大的；在北京的时候，他吸的，总是哈德门牌的拾枝装包。当他在人前吸烟的时候，他总探手进他那件灰布棉袍的袋里去摸出一枝来吸；他似乎不喜欢将烟包先拿出来，然后再从烟包里抽出一枝，而再将烟包塞回袋里去。他这脾气，一直到了上海，仍没有改过，不晓是为了怕麻烦的原因呢？抑或为了怕人家看见他所吸的烟，是什么牌。

他对于烟酒等刺激品，一向是不十分讲究的；对于酒，他是同烟一样。他的量虽则并不大，但却老爱喝一点。在北平的时候，我曾和他在东安市场的一家小羊肉铺里喝过白干；到了上海之后，所喝的，大抵是黄酒了。但五加皮，白玫瑰，他也喝，啤酒，白兰地他也喝，不过总喝得不多。

爱护他，关心他的健康无微不至的景宋女士，有一次问我：“周先生平常喜欢喝一点酒，还是给他喝什么酒好?”我当然答以黄酒第一。但景宋女士却说，他喝黄酒时，老要量喝得很多，所以近来她在给他喝五加皮。并且说，因为五加皮酒性太烈，她所以老把瓶塞在平时拔开，好教消散一点酒气，变得淡些。

在这些地方，本可看出景宋女士的一心为鲁迅牺牲的伟大精神来，仔细一想，真要教人感激得下眼泪的，但我当时却笑了，笑她的太没有对于酒的知识。当然她原也晓得酒精成分多少的科学常识，可是爱人爱得过分时，常识也往往会被热挚的真情，掩蔽下去。我于讲完了量与质的问题，讲完了酒精成分的比较问题之后，就劝她，以后，顶好是给周先生以好的陈黄酒喝，否则还是喝啤酒。

这一段谈话后不久，忽而有一天，鲁迅送了我两瓶十多年陈的绍兴黄酒，说是一位绍兴同乡，带出来送他的。我这才放了心，相信以后他总不再喝五加皮等烈酒了。

我的记忆力很差，尤其是对于时日及名姓等的记忆。有些朋友，当见面时却混得很熟，但竟有一年半载以上，不晓得他的名姓的，因为混熟了，又不好再请教尊姓大名的缘故。像这一种习惯，我想一般人也许都有，可是，在我觉得特别的厉害。而鲁迅呢，却很奇怪，他对于遇见过一次，或和他在文字上有点纠葛过的人，都记得很详细，很永固。

所以，我在前段说起过的，鲁迅到上海的时日，照理应该在十八年的春夏之交；因为他于离开厦门大学之后，是曾上广州中山大学去住过一年的；他的重回上海，是在因和顾颉刚起了冲突，脱离中山大学之后；并且因恐受当局的压迫拘捕，其后亦曾在广州闲住了半年以上的时间。

他对于辞去中山大学教职之后，在广州闲住的半年那一节事情，也解释得非常有趣。他说：

“在这半年中，我譬如是一只雄鸡，在和对方呆斗。这呆斗的方式，并不是两边就咬起来，却是振冠击羽，保持着一段相当距离的对视。因为对方的假君子，背后是有政治力量的，你若一经示弱，对方就会用无论哪一种卑鄙的手段，来加你以压迫。

“因而有一次，大学里来请我讲演，伪君子正在庆幸机会到了，可以罗织成罪我的证据。但我却不忙不迫的讲了些魏晋人的风度之类，而对于时局和政治，一个字也不曾提起。”在广州闲住了半年之后，对方的注意力有点松懈了，就是对方的雄鸡，坚忍力有点不能支持了；他就迅速地整理行囊，乘其不备，而离开了广州。

人虽则离开了，但对于代表恶势力而和他反对的人，他却始终不会忘记。所以，他的文章里，无论在哪一篇，只教用得上去的话，他总不肯放松一着，老会把这代表恶势力的敌人押解出来示众。

对于这一点，我也曾再三的劝他过，劝他不要上当。因为有许多无理取闹，来攻击他的人，都想利用了他来成名。实际上，这一个文坛登龙术，是屡试屡验的法门；过去曾经有不少的青年，因攻击鲁迅而成了名的。但他的解释，却很彻底。他说：

“他们的目的，我当然明了。但我的反攻，却有两种意思。第一，是正可以因此而成全了他们；第二，是也因为了他们，而真理愈得阐发。他们的成名，是烟火似地一时的现象，但真理却是永久的。”

他在上海住下之后，这些攻击他的青年，愈来愈多了。最初，是高长虹等，其次是太阳社的钱杏邨等，后来则有创造社的叶灵凤等。他对于这些人的攻击，都三倍四倍地给予了反攻，他的杂文的光辉，也正因了这些不断的搏斗而增加了熟练与光辉。他的全集的十分之六七，是这种搏斗的火花，成绩俱在，在这里可以不必再说。

此外还有些并不对他攻击，而亦受了他的笔伐的人，如张若谷、曾今可等；他对于他们，在酒兴浓溢的时候，老笑着对我说：

“我对他们也并没有什么仇。但因为他们是代表恶势力的缘故，所以我就做了堂·克蓄德，而他们却做了活的风车。”关于堂·克蓄德这一名词，也是钱杏邨他们奉赠给他的。他对这名词并不嫌恶，反而是很喜欢的样子。同样在有一时候，叶灵凤引用了苏俄讥高尔基的画来骂他，说他是“阴阳面的老人”，他也时常笑着说：“他们比得我太大了，我只恐怕承当不起。”

创造社和鲁迅的纠葛，系开始在成仿吾的一篇批评，后来一直地继续到了创造社的被封时为止。

鲁迅对创造社，虽则也时常有讥讽的言语，散发在各杂文里；但根底却并没有恶感。他到广州去之先，就有意和我们结成一条战线，来和反动势力掊抗的；这一段经过，恐怕只有我和鲁迅及景宋女士三人知道。

至于我个人与鲁迅的交谊呢，一则因系同乡，二则因所处的时代，所看的书，和所与交游的友人，都是同一类属的缘故，始终没有和他发生过冲突。

后来，创造社因被王独清挑拨离间，分成了派别，我因一时感情作用，和创造社脱离了关系，在当时，一批幼稚病的创造社同志，都受了王独清等的煽动，与太阳社联合起来攻击鲁迅，但我却始终以为他们的行动是越出了常轨，所以才和他计划出了《奔流》这一个杂志。

《奔流》的出版，并不是想和他们对抗，用意是在想介绍些真正的革命文艺的理论和作品，把那些犯幼稚病的左倾青年，稍稍纠正一点过来。

当编《奔流》的这一段时期，我以为是鲁迅的一生之中，对中国文艺影响最大的一个转变时期。

在这一年当中，鲁迅的介绍左翼文艺的正确理论的一步工作，才开始立下了系统。而他的后半生的工作的纲领，差不多全是在这一个时期里定下来的。

当时在上海负责在做秘密工作的几位同志，大抵都是在我静安寺路的寓居里进出的人；左翼作家联盟，和鲁迅的结合，实际上是我做的媒介。不过，左翼成立之后，我却并不愿意参加，原因是因为我的个性是不适合于这些工作的，我对于我自己，认识得很清，决不愿担负一个空名，而不去做实际的事务；所以，左联成立之后，我就在一月之内，对他们公然的宣布了辞职。

但是暗中站在超然的地位，为左联及各工作者的帮忙，也着实不少。除来不及营救，已被他们杀死的许多青年不计外，在龙华，在租界捕房被拘去的许多作家，或则减刑，或则拒绝引渡，或则当时释放等案件，我现在还记得起来的，当不只十件八件的少数。

鲁迅的热心于提拔青年的一件事情，是大家在说的。但他的因此而受痛苦之深刻，却外边很少有人知道。像有些先受他的提拔，而后来却用攻击的方法以成自己的名的事情，还是彰明显著的事实，而另外还有些“挑了一担同情来到鲁迅那里，强迫他出很高的代价”的故事，外边的人，却大抵都不晓得了。在这里，我只举一个例：

在广州的时候，有一位青年的学生，因平时被鲁迅所感化而跟他到了上海。到了上海之后，鲁迅当然也收留他一道住在景云里那一所三层楼的弄堂房子里。但这一位青年，误解了鲁迅的意思，以为他没有儿子——当时海婴还没有生——所以收留自己和他住下，大约总是想把自己当作他的儿子的意思。后来，他又去找了一位女朋友来同住，意思是为鲁迅当儿媳妇的。可是，两人坐食在鲁迅的家里，零用衣饰之类，鲁迅当然是供给不了的；于是这一位自定的鲁迅的子嗣，就发生了很大的不满，要求鲁迅，一定要为他谋一出路。

鲁迅没法子，就来找我，教我为这青年去谋一职业，如报馆校对，书局伙计之类；假使是真的找不到职业，那么亦必须请一家书店或报馆在名义上用他做事，而每月的薪水三四十元，当由鲁迅自己拿出，由我转交给这书局或报馆，作为月薪来发给。

这事我向当时的现代书局说了，已经说定是每月由书局和鲁迅各拿出一半的钱来，使用这一位青年。但正当说好的时候，这一位青年却和爱人脱离了鲁迅而走了。

这一件事情，我记得章锡琛曾在鲁迅去世的时候写过一段短短的文章；但事实却很复杂，使鲁迅为难了好几个月。从这一回事情之后，鲁迅就爱说“青年是挑了一担同情来的”趣话。不过这仅仅是一例，此外，因同情青年的遭遇，而使他受到痛苦的事实还正多着哩！

民国十八年以后，因国共分家的结果，有许多青年，以及正义的斗士，都无故而被牺牲了。此外，还有许多从事革命运动的青年，在南京、上海，以及长、江流域的通都大邑里，被捕的，正不知有多少。在上海专为这些革命志士以及失业工人等救济而设的一个团体，是共济会。但这时候，这救济会已经遭了当局之忌，不能公开工作了；所以弄成请了律师，也不能公然出庭，有了店铺作保，也不能去向法庭请求保释的局面。在这时候，带有国际性的民权保障自由大同盟，才在孙夫人（宋庆龄女士）、蔡先生（孑民）等的领导之下，在上海成立了起来。鲁迅和我，都是这自由大同盟的发起人，后来也连做了几任的干部，一直到南京的通缉令下来，杨杏佛被暗杀的时候为止。

在这自由大同盟活动的期间，对于平常的集会，总不出席的鲁迅，却于每次开会时一定先期而到；并且对于事务是一向不善处置的鲁迅，将分派给他的事务，也总办得井井有条。从这里，我们又可以看出，鲁迅不仅是一个只会舞文弄墨的空头文学家，对于实务，他原是也具有实际干才的。说到了实务，我又不得不想起我们合编的那一个杂志《奔流》——名义上，虽则是我和他合编的刊物，但关于校对，集稿，算发稿费等琐碎的事务，完全是鲁迅一个人效的劳。

他的做事务的精神，也可以从他的整理书斋，和校阅原稿等小事情上看得出来。一般和我们在同时做文字工作的人，在我所认识的中间，大抵十个有九个都是把书斋弄得乱杂无章的。而鲁迅的书斋，却在无论什么时候，都整理得必清必楚。他的校对的稿子，以及他自己的文章，涂改当然是不免，但总缮写得非常的清楚。

直到海婴长大了，有时候老要跑到他的书斋里去翻弄他的书本杂志之类；当这样的时候，我总看见他含着苦笑，对海婴说："你这小捣乱看好了没有?"海婴含笑走了的时候，他总是一边谈着笑话，一边先把那些搅得零乱的书本子堆叠得好好，然后再来谈天。

记得有一次，海婴已经会说话的时候了，我到他的书斋去的前一刻，海婴正在那里捣乱，翻看书里的插图。我去的时候，书本子还没有理好。鲁迅一见着我，就大笑着说："海婴这小捣乱，他问我几时死；他的意思是我死了之后，这些书本都应该归他的。"

鲁迅的开怀大笑，我记得要以这一次为最兴高采烈。听这话的我，一边虽也在高笑，但暗地里一想到了"死"这一个定命，心里总不免有点难过。尤其是像鲁迅这样的人，我平时总不会把死和他联合起来想在一道。就是他自己，以及在旁边也在高笑的景宋女士，在当时当然也对于死这一个观念的极微细的实感都没有的。

这事情，大约是在他去世之前的两三年的时候；到了他死之后，在万国殡仪馆成殓出殡的上午，我一面看到了他的遗容，一面又看见海婴仍是若无其事地在人前穿了小小的丧服在那里快快乐乐地跑，我的心真有点儿绞得难耐。

鲁迅的著作的出版者，谁也知道是北新书局。北新书局的创始人李小峰是北大鲁迅的学生；因为孙伏园从《晨报副刊》出来之后，和鲁迅、启明及语堂等，开始经营《语丝》之发行，当时还没有毕业的李小峰，就做了《语丝》的发行兼管理印刷的出版业者。

北新书局从北平分到上海，大事扩张的时候，所靠的也是鲁迅的几本著作。

后来一年一年的过去，鲁迅的著作也一年一年地多起来了，北新和鲁迅之间的版税交涉，当然成了一个很大的问题。北新对著作者，平时总只含混地说，每月致送几百元版税，到了三节，便开一清单来报账的。但一则他的每月致送的款项，老要拖欠，再则所报之账，往往不十分清爽。

后来，北新对鲁迅及其他的著作人，简直连月款也不提，节账也不算了。靠版税在上海维持生活的鲁迅，一时当然也破除了情面，请律师和北新提起了清算版税的诉讼。

照北新开给鲁迅的旧账单等来计算，在鲁迅去世的前六七年，早该积欠有两三万元了。这诉讼，当然是鲁迅的胜利，因为欠债还钱，是古今中外一定不易的自然法律。北新看到了这一点，就四处的托人向鲁迅讲情，要请他不必提起诉讼，大家来设法谈判。

当时我在杭州小住，打算把一部不曾写了的《蜃楼》写它完来。但住不上几天，北新就有电报来了，催我速回上海，为这事尽一点力。

后来经过几次的交涉，鲁迅答应把诉讼暂时不提，而北新亦愿意按月摊还积欠两万余元，分十个月还了；新欠则每月致送四百元，决不食言。

这一场事情，总算是这样的解决了；但在事情解决，北新请大家吃饭的那一天晚上，鲁迅和林语堂两人，却因误解而起了正面的冲突。

冲突的原因，是在一个不在场的第三者，也是鲁迅的学生，当时也在经营出版事业的某君。北新方面，满以为这一次鲁迅的提起诉讼，完全系出于这同行第三者的挑拨。而忠厚诚实的林语堂，于席间偶尔提起了这一个人的名字。

鲁迅那时，大约也有了一点酒意，一半也疑心语堂在责备这第三者的话，是对鲁迅的讽刺；所以脸色变青，从坐位里站了起来，大声的说：

“我要声明！我要声明！”

他的声明，大约是声明并非由这第三者的某君挑拨的。语堂当然也要声辩他所讲的话，并非是对鲁迅的讽刺；两人针锋相对，形势真弄得非常的险恶。

在这席间，当然只有我起来做和事老；一面按住鲁迅坐下，一面我就拉了语堂和他的夫人，走下了楼。

这事当然是两方的误解，后来鲁迅原也明白了；他和语堂之间，是有过一次和解的。可是到了他去世之前年，又因为劝语堂多翻译一点西洋古典文学到中国来，而语堂说这是老年人做的工作之故，而各起了反感。但这当然也是误解，当鲁迅去世的消息传到当时寄居在美国的语堂耳里的时候，语堂是曾有极悲痛的唁电发来的。

鲁迅住的景云里那一所房子，是在北四川路尽头的西面，去虹口花园很近的地方。因而去狄思威路北的内山书店亦只有几百步路。

书店主人内山完造，在中国先则卖药，后则经营贩卖书籍，前后总已有了二十几年的历史。他生活很简单，懂得生意经，并且也染上了中国人的习气，喜欢讲交情。因此，我们这一批在日本住久的人在上海，总老喜欢到他店里去坐坐谈谈；鲁迅于在上海住下之后，也就是这内山书店的常客之一。

“一二八”沪战发生，鲁迅住的那一个地方，去天通庵只有一箭之路，交战的第二日，我们就在担心着鲁迅一家的安危。到了第三日，并且谣言更多了，说和鲁迅同住的他三弟巢峰（周建人）被敌宪兵殴伤了，但就在这一个下午，我却在四川路桥南，内山书店的一家分店的楼上，会到了鲁迅。

他那时也听到了这谣传了，并且还在报上看见了我寻他和其他几位住在北四川路的友人的启事。他在这兵荒马乱之间，也依然不消失他那种幽默的微笑；讲到巢峰被殴伤的那一段谣言的时候，还加上了许多我们所不曾听见过的新鲜资料，证明一般空闲人的喜欢造谣生事，乐祸幸灾。

在这中间，我们就开始了向全世界文化人呼吁，出刊物公布暴敌狞恶侵略者面目的工作，鲁迅当然也是签名者之一；他的实际参加联合抗敌的行动，和一班左翼作家的接近，实际上是从这一个时期开始的。

“一二八”战事过后，他从景云里搬了出来，住在内山书店斜对面的一家大厦的三层楼上；租金比较得贵，生活方式也比较得奢侈，因而一般平时要想寻出一点弱点来攻击他的人，就又像是发掘得了至宝。

但他在那里住得也并不久，到了南京的秘密通缉令下来，上海的反动空气很浓厚的时候，他却搬上了内山书店的北面，新造好的大陆新村（四达里对面）的六十几号房屋去住了。在这里，一直住到了他去世的时候为止。

南京的秘密通缉令，列名者共有六十几个，多半与民权保障自由大同盟有关的文化人。而这通缉案的呈请者，却是在杭州的浙江省党部的诸先生。

说起杭州，鲁迅绝端的厌恶；这通缉案的呈请者们，原是使他厌恶的原因之一，而对于山水的爱好，别有见解，也是他厌恶杭州的一个原因。

有一年夏天，他曾同许钦文到杭州去玩过一次，但因湖上的闷热，蚊子的众多，饮水的不洁等关系，他在旅馆里一晚没有睡觉，第二天就逃回上海来了。自从这一回之后，他每听见人提起杭州，就要摇头。

后来，我搬到杭州去住的时候，也曾写过一首诗送我，头一句就是“钱王登遐仍如在”；这诗的意思，他曾同我说过，指的是杭州党政诸人的无理的高压。他从五代时的记录里，曾看到过钱武肃王的时候，浙江老百姓被压榨得连裤子都没有穿，不得不以砖瓦来遮盖下体。这事不知是出在哪一部书里，我到现在也还没有查到，但他的那句诗的原意，却就系此而言。我因不听他的忠告，终于搬到杭州去住了，结果竟不出他之所料，被一位党部的先生，弄得家破人亡；这一位吃党饭出身，积私财至数百万，曾经呈请南京中央党部通缉我们的先生，对我竟做出了比敌人对待我们老百姓还更凶恶的事情，而且还是在这一次的抗战军兴之后。我现在虽则已远离祖国，再也受不到他的奸淫残害的毒爪了；但现在仍还在执掌以礼义廉耻为信条的教育大权的这一位先生，听说近来因天高皇帝远，浑水好捞鱼之故，更加加重了他对老百姓的这一种远溢过钱武肃王的德政。鲁迅不但对于杭州没有好感，就是对他出身地的绍兴，也似乎并没有什么依依不舍的怀恋。这可从有一次他的谈话里看得出来。是他在上海住下不久的时候，有一回我们谈起了前两天刚见过面的孙伏园。他问我伏园住在哪里，我说，他已经回绍兴去了，大约总不久就会出来的。鲁迅言下就笑着说：“伏园的回绍兴，实在也很可观！”他的意思，当然是绍兴又凭什么值得这样的频频回去。

所以从他到上海之后，一直到他去世的时候为止，他只匆匆地上杭州去住了一夜，而绝没有回去过绍兴一次。

预言者每不为其故国所容，我于鲁迅更觉得这一句格言的确凿。各地党部的对待鲁迅，自从浙江党部发动了那大弹劾案之后，似乎态度都是一致的。抗战前一年的冬天，我路过厦门，当时有许多厦大同学曾来看我，谈后就说到了厦大门前，经过南普陀的那一条大道，他们想呈请市政府改名“鲁迅路”以资纪念。并且说，这事已经由俘迅纪念会（主其事的是厦门星光日报社长胡资周及记者们与厦大学生代表等人）呈请过好几次了，但都被搁置着不批下来。我因为和当时的厦门市长及工务局长等都是朋友，所以就答应他们说这事一定可以办到。但后来去市长那里一查问，才知道又是党部在那里反对，绝对不准人们纪念鲁迅。这事情，后来我又同陈主席说了，陈主席当然是表示赞同的。可是，这事还没有办理完成，而抗战军兴，现在并且连厦门这一块土地，也已经沦陷了一年多了。

自从我搬到杭州去住下之后，和他见面的机会，就少了下去，但每一次我上上海去的中间，无论如何忙，我总抽出一点时间来去和他谈谈，或和他吃一次饭。

而上海的各书店，杂志编辑者，报馆之类，要想拉鲁迅的稿子的时候，也总是要我到上海去和鲁迅交涉的回数多，譬如，黎烈文初编《自由谈》的时候，我就和鲁迅说，我们一定要维持它，因为在中国最老不过的《申报》，也晓得要用新文学了，就是新文学的胜利。所以，鲁迅当时也很起劲，《伪自由书》、《花边文学》集里许多短稿，就是这时候的作品。在起初，他的稿子就是由我转交的。

此外，像良友书店，天马书店，以及生活出的《文学》杂志之类，对鲁迅的稿件，开头大抵都是由我为他们拉拢的。尤其是当鲁迅对编辑者们发脾气的时候。做好做歹，仍复替他们调停和解这一角色，总是由我来担当。所以，在杭州住下的两三年中，光是为了鲁迅之故，而跑上海的事情，前后总也有了好多次。

在他去世的前一年春天，我到了福建，和他见面的机会更加少了。但记得就在他作故的前两个月，我回上海，他曾告诉了我以他的病状，说医生说他的肺不对，他想于秋天到日本去疗养，问我也能够同去不能。我在那时候，也正在想去久别了的日本一次，看看他们最近的社会状态，所以也轻轻谈到了同去岚山看红叶的事。可是从此一别，就再没有和他作长谈的幸运了。

关于鲁迅的回忆，枝枝节节，另外也正还多着；可是他给我的信件之类，有许多已在搬回杭州去之先烧了，有几封在上海北新书局里存着，现在又有日记在手头，所以就在这里，先暂搁笔，以后若有机会，或许再写也说不定。

敬悼许地山先生

郁达夫

在这一个短短的时期里，我与许先生有了好几次的会晤；但他在那一个时候，还不脱一种孩稚的顽皮气，老是讲不上几句话后，就去找小孩子抛皮球，踢毽子去了。

我和许地山先生的交谊并不深，所以想述说一点两人间的往来，材料却是很少。不过许先生的为人，他的治学精神，以及抗战事起后，他的为国家民族尽瘁服役的诸种劳绩，我是无日无地不在佩服的。

我第一次和他见面，是创造社初在上海出刊物的时候，记得是一个秋天的薄暮。

那时候他新从北京（那时还未改北平）南下，似乎是刚在燕大毕业之后。他的一篇小说《命命鸟》，已在《小说月报》上发表了，大家对他都奉呈了最满意的好评。他是寄寓在闸北宝山路，商务印书馆编辑所近旁的郑振铎先生的家里的。当时，郭沫若、成仿吾两位，和我是住在哈同路，我们和小说月报社在文学的主张上，虽则不合，有时也曾作过笔战，可是我们对他们的交谊，却仍旧是很好的。所以当工作的暇日，我们也时常往来，作些闲谈。

在这一个短短的时期里，我与许先生有了好几次的会晤；但他在那一个时候，还不脱一种孩稚的顽皮气，老是讲不上几句话后，就去找小孩子抛皮球，踢毽子去了。我对他当时的这一种小孩子脾气，觉得很是奇怪；可是后来听老舍他们谈起了他，才知道这一种天真的性格，他就一直保持着不曾改过。这已经是约近二十年以前的事情了。其后，他去美国，去英国，去印度。回来后，他在燕大，我在北大教书。偶尔在集会上，也时时有了几次见面的机会，不过终于因两校地点的远隔，我和他记不起有什么特殊的同游或会谈的事情。

况且，自民国十四年以后，我就离开了北京，到武昌大学去教书了；虽则在其间也时时回到北京去小住，可是留京的时间总是很短，故而终于也没有和他更接近一步的机会。其后的十余年，我的生活，因种种环境的关系，陷入了一个绝不规则的历程，和这些旧日的朋友简直是断绝了往来。所以一直到接许先生的讣告为止，我却想不起是在什么地方，和他握过最后的一次手。因为这一次过香港而来星洲时，明明是知道他在港大教书，但因为船期促迫，想去一访而终未果。于是，我就永久失去了和他作深谈的机会了。

对于他的身世，他的学殖，他的为国家尽力之处，论述的人，已经是很多了，我在此地不想再说。我想特别一提的，是对于他的创作天才的敬佩。他的初期的作品，富于浪漫主义的色彩，是大家所熟知的；但到了最近，他的作风，竟一变而为苍劲坚实的写实主义，却很少有人说起。

他的一篇抗战以后所写的小说，叫作《铁鱼的鳃》，实在是这一倾向的代表作品，我在《华侨周报》的初几期上，特地为他转载的原因，就是想对我们散处在南岛的诸位写作者，示以一种模范的意思。像这样坚实细致的小说，不但是在中国的小说界不可多得，就是求之于一九四〇年的英美短篇小说界，也很少有可以和他比并的作品。但可惜他在这一方面的天才，竟为他其他方面的学术所掩蔽，人家知道的不多，而他自己也很少有这一方面的作品。要说到因他之死，而中国文化界所蒙受的损失是很大的话，我想从短少了一位创作天才的一点来说，这损失将更是不容易填补。

自己今年的年龄，也并不算老，但是回忆起来，对于追悼作故的友人的事情，似乎也觉得太多了。辈分老一点的，如曾孟朴、鲁迅、蔡孑民、马君武诸先生，稍长于我的，如蒋百里、张季鸾诸先生，同年辈的如徐志摩、滕若渠、蒋光慈的诸位，计算起来，在这十几年的中间，哭过的友人，实在真也不少了。我往往在私自奇怪，近代中国的文人，何以一般总享不到八十以上的高龄？而外国的文人，如英国的哈代、俄国的托尔斯泰、法国的弗朗斯等，享寿都是在八十岁以上，这或者是和社会对文人的待遇有关的吧？我想在这一次追悼许地山先生的大会当中，提出一个口号来，要求一般社会，对文人的待遇，应该提高一点。因为死后的千言万语，总不及生前的一杯咖啡来得实际。

末了，我想把我的一副挽联，抄在底下：

嗟月旦停评，伯牛有疾如斯，灵雨空山，君自涅槃登彼岸。问人间何世，胡马窥江未去，明珠漏网，我为家国惜遗才。

志摩在回忆里

郁达夫

他的那种轻快磊落的态度，还是和孩时一样，不过因为历尽了欧美的游程之故，无形中已经锻练成了一个长于社交的人了。笑起来的时候，可还是同十几年前的那个顽皮小孩一色无二。

新诗传宇宙，竟尔乘风归去，同学同庚，老友如君先宿草。

华表托精灵，何当化鹤重来，一生一死，深闺有妇赋招魂。

这是我托杭州陈紫荷先生代作代写的一副挽志摩的挽联。陈先生当时问我和志摩的关系，我只说他是我自小的同学，又是同年，此外便是他这一回的很适合他身分的死。

做挽联我是不会做的，尤其是文言的对句。而陈先生也想了许多成句，如“高处不胜寒”，“犹是深闺梦里人”之类，但似乎都寻不出适当的上下对，所以只成了上举的一联。这挽联的好坏如何，我也不晓得，不过我觉得文句做得太好，对仗对得太工，是不大适合于哀挽的本意的。悲哀的最大表示，是自然的目瞪口呆，僵若木鸡的那一种样子，这我在小曼夫人当初次接到志摩的凶耗的时候曾经亲眼见到过。其次是抚棺的一哭，这我在万国殡仪馆中，当日来吊的许多志摩的亲友之间曾经看到过。至于哀挽诗词的工与不工，那却是次而又次的问题了；我不想说志摩是如何如何的伟大，我不想说他是如何如何的可爱，我也不想说我因他之死而感到怎么怎么的悲哀，我只想把在记忆里的志摩来重描一遍，因而再可以想见一次他那副凡见过他一面的人谁都不容易忘去的面貌与音容。

大约是在宣统二年（一九一〇）的春季，我离开故乡的小市，去转入当时的杭府中学读书，——上一期似乎是在嘉兴府中读的，终因路远之故而转入了杭府——那时候府中的监督，记得是邵伯炯先生，寄宿舍是大方伯的图书馆对面。

当时的我，是初出茅庐的一个十四岁未满的乡下少年，突然间闯入了省府的中心，周围万事看起来都觉得新异怕人。所以在宿舍里，在课堂上，我只是诚惶诚恐，战战兢兢，同蜗牛似地蜷伏着，连头都不敢伸一伸出壳来。但是同我的这一种畏缩态度正相反的，在同一级同一宿舍里，却有两位奇人在跳跃活动。

一个是身体生得很小，而脸面却是很长，头也生得特别大的小孩子。我当时自己当然总也还是一个小孩子，然而看见了他，心里却老是在想：“这顽皮小孩，样子真生得奇怪”，仿佛我自己已经是一个大孩似的。还有一个日夜和他在一块，最爱做种种淘气的把戏，为同学中间的爱戴集中点的，是一个身材长得相当的高大，面上也已经满示着成年的男子的表情，由我那时候的心里猜来，仿佛是年纪总该在三十岁以上的大人，——其实呢，他也不过和我们上下年纪而已。

他们俩，无论在课堂上或在宿舍里，总在交头接耳的密谈着，高笑着，跳来跳去，和这个那个闹闹，结果却终于会出其不意地做出一件很轻快很可笑很奇特的事情来吸收大家的注意的。

而尤其使我惊异的，是那个头大尾巴小，戴着金边近视眼镜的顽皮小孩，平时那样的不用功，那样的爱看小说——他平时拿在手里的总是一卷有光纸上印着石印细字的小本子——而考起来或作起文来却总是分数得得最多的一个。

像这样的和他们同住了半年宿舍，除了有一次两次也上了他们一点小当之外，我和他们终究没有发生什么密切一点的关系；后来似乎我的宿舍也换了，除了在课堂上相聚在一块之外，见面的机会更加少了。年假之后第二年的春天，我不晓为了什么，突然离去了府中，改入了一个现在似乎也还没有关门的教会学校。从此之后，一别十余年，我和这两位奇人——一个小孩，一个大人——终于没有遇到的机会。虽则在异乡飘泊的途中，也时常想起当日的旧事，但是终因为周围环境的迁移激变，对这微风似的少年时候的回忆，也没有多大的留恋。

民国十三四年——一九二三、四年——之交，我混迹在北京的软红尘里；有一天风定日斜的午后，我忽而在石虎胡同的松坡图书馆里遇见了志摩。仔细一看，他的头，他的脸，还是同中学时候一样发育得分外的大，而那矮小的身材却不同了，非常之长大了，和他并立起来，简直要比我高一二寸的样子。

他的那种轻快磊落的态度，还是和孩时一样，不过因为历尽了欧美的游程之故，无形中已经锻练成了一个长于社交的人了。笑起来的时候，可还是同十几年前的那个顽皮小孩一色无二。

从这年后，和他就时时往来，差不多每礼拜要见好几次面。他的善于座谈，敏于交际，长于吟诗的种种美德，自然而然地使他成了一个社交的中心。当时的文人学者，达官丽姝，以及中学时候的倒霉同学，不论长幼，不分贵贱，都在他的客座上可以看得到。不管你是如何心神不快的时候，只教经他用了他那种浊中带清的洪亮的 声 音，“喂，老×，今天怎么样？什么什么怎么样 了?”的一问，你就自然会把一切的心事丢开，被他的那种快乐的光耀同化了过去。

正在这前后，和他一次谈起了中学时候的事情，他却突然的呆了一呆，张大了眼睛惊问我说：“老李你还记得起记不起？他是死了哩！”

这所谓老李者，就是我在头上写过的那位顽皮大人，和他一道进中学的他的表哥哥。

其后他又去欧洲，去印度，交游之广，从中国的社交中心扩大而成为国际的。于是美丽宏博的诗句和清新绝俗的散文，也一年年的积多了起来。一九二七年的革命之后，北京变了北平，当时的许多中间阶级者就四散成了秋后的落叶。有些飞上了天去，成了要人，再也没有见到的机会了，有些也竟安然地在牖下到了黄泉；更有些，不死不生，仍复在歧路上徘徊着，苦闷着，而终于寻不到出路。是在这一种状态之下，有一天在上海的街头，我又忽而遇见志摩，“喂，这几年来你躲在什么地方？”

兜头的一喝，听起来仍旧是他那一种洪亮快活的声气。在路上略谈了片刻，一同到了他的寓里坐了一会，他就拉我一道到了大赉公司的轮船码头。因为午前他刚接到了无线电报，诗人太果尔回印度的船系定在午后五时左右靠岸，他是要上船去看看这老诗人的病状的。

当船还没有靠岸，岸上的人和船上的人还不能够交谈的时候，他在码头上的寒风里立着——这时候似乎已经是秋季了——静静地呆呆地对我说：“诗人老去，又遭了新时代的摈斥，他老人家的悲哀，正是孔子的悲哀。”

因为太果尔（即泰戈尔）这一回是新从美国日本去讲演回来，在日本在美国都受了一部分新人的排斥，所以心里是不十分快活的；并且又因年老之故，在路上更染了一场重病。志摩对我说这几句话的时候，双眼呆看着远处，脸色变得青灰，声音也特别的低。我和志摩来往了这许多年，在他脸上看出悲哀的表情来的事情，这实在是最初也便是最后的一次。

从这一回之后，两人又同在北京的时候一样，时时来往了。可是一则因为我的疏懒无聊，二则因为他跑来跑去的教书忙，这一两年间，和他聚谈时候也并不多。今年的暑假后，他于去北平之先曾大宴了三日客。头一天喝酒的时候，我和董任坚先生都在那里。董先生也是当时杭府中学的旧同学之一，席间我们也曾谈到了当时的杭州。在他遇难之前，从北平飞回来的第二天晚上，我也偶然的，真真是偶然的，闯到了他的寓里。

那一天晚上，因为有许多朋友会聚在那里的缘故，谈谈说说，竟说到了十二点过。临走的时候，还约好了第二天晚上的后会才兹分散。但第二天我没有去，于是就永久失去了见他的机会了，因为他的灵柩到上海的时候是已经验好了来的。

男人之中，有两种人最可以羡慕。一种是象高尔基一样，活到了六七十岁，而能写许多有声有色的回忆文的老寿星，其他的一种是如叶赛宁一样的光芒还没有吐尽的天才夭折者。前者可以写许多文学史上所不载的文坛起伏的经历，他个人就是一部纵的文学史。后者则可以要求每个同时代的文人都写一篇吊他哀他或评他骂他的文字，而成一部横的放大的文苑传。

现在志摩是死了，但是他的诗文是不死的，他的音容状貌可也是不死的，除非要等到认识他的人老老少少一个个都死完的时候为止。

一九三一年十二月十一日

【附记】上面的一篇回忆写完之后，我想想，想想，又在陈先生代做的挽联里加入了一点事实，缀成了下面的四十二字：

三卷新诗，廿年旧友，与君同是天涯，只为佳人难再得。

一声河满，九点齐烟，化鹤重归华表，应愁高处不胜寒。

一九三一年十二月十九日

送仿吾的行

郁达夫

天上的星光撩乱，月亮早已下山去了。微风吹动帘衣，幽幽的一响，也大可竖人毛发。夜归的瞎子。在这一个时候，还在街上，拉着胡琴，向东慢慢走去。

夜深了，屋外的蛙声，蚯蚓声，及其他的杂虫的鸣声，也可以说是如雨，也可以说是如雷。几日来的日光骤雨，把庭前的树叶，催成作青葱的广幕，从这幕的破处，透过来的一盏两盏的远处大道上的灯光，煞是凄凉，煞是悲寂。你要晓得，这是首夏的后半夜，我们只有两个人，在高楼的回廊上默坐，又兼以一个是飘零在客，一个是门外天涯，明朝晨鸡一唱，仿吾就要过江到汉口去上轮船去的。

天上的星光撩乱，月亮早已下山去了。微风吹动帘衣，幽幽的一响，也大可竖人毛发。夜归的瞎子。在这一个时候，还在街上，拉着胡琴，向东慢慢走去。啊啊，瞎子！你所求的，究竟是什么东西，为的是什么呀？

瞎子过去了，胡琴声也听不出来了，蛙声蚯蚓声杂虫声，依旧在百音杂奏；我觉得这沉默太压人难受了，就鼓着勇气，叫了一声：

“仿吾！”

这一声叫出之后，自家也觉得自家的声气太大，底下又不敢继续下去。两人又默默地坐了几分钟。顽固的仿吾，你想他讲出一句话来，来打破这静默的妖围，是办不到的。但是这半夜中间，我又讲话讲得太多了，若再讲下去，恐怕又要犯起感伤病来。人到了三十，还是长吁短叹，哭己怜人，是没出息的人干的事情；我也想做一个强者，这一回却要硬它一硬，怎么也不愿意再说话。

亭铜，亭铜，前边山脚下女尼庵的钟磬声响了，接着又是比丘尼诵《法华经》的声音，木鱼的声音。

“那是什么？”

仍复是仿吾一流的无文采的问语。

“那是尼姑庵，尼姑念经的声音。”

“倒有趣得很。”

“还有一个小尼姑哩!”

“有趣得很!”

“若在两三年前，怕又要做一篇极浓艳的小说来做个纪念了。”

“为什么不做哩?”

“老了，不行了，感情没有了!”

“不行! 不行! 要是这样，月刊还能办么?”

“那又是一个问题。”

“看沫若，他才是真正的战斗员!”

“上得场去，当然还可以百步穿杨。”

“不行，这未老先衰的话!”

“还不老么？有了老婆，有了儿子。亲戚朋友一天一天的少下去。走遍天涯，到头来还是一个无聊赖!”

仿吾兀的不响了，我不觉得讲得太过分了。以年纪而论，仿吾还比我大。可怜的赋性愚直的这仿吾，到如今还是一个童男。去年他哥哥客死在广东。千里长途，搬丧回籍，一直弄到现在，他才能出来。一家老的老，小的小，侄儿侄女，十多个人，责任全负在他的肩上。而现在，我们因为想重把“创造”兴起，叫他丢去了一切，来干这前途渺茫的创造社出版部的大事业。不怕你是一块石，不怕你是一个鱼，当这样的微温的晚上，在这样的高危的楼上，看看前后左右，想想过去未来，叫他怎么能够坦然无介怀?怎么能够不黯然泪落呢。

朋友的中间，想起来，实在是我最利己。无论如何的吃苦，无论如何的受气，总之在创造社根基未定之先，是不该一个人独善其身的跑上北方去的。有不得已的事故，或者有可托生命的事业可干的时候，还不要去管它；实际上盲人瞎马，渡过黄河，渡过扬子江后，所得到的结果，还不过是一个无聊。京华旅食，叩了富儿的门，一双白眼，一列白牙，是我的酬报。现在想起来，若要受一点人家的嘲笑，轻侮，虐待，那么到处都可以找得到，断没有跑几千里路的必要。像田舍诗人彭思一流的粗骨，理应在乡下草舍里和黄脸婆娘蒋恩谈谈百年以后的空想，做两句乡人乐诵的歌诗，预备一块墓地，两块石碑，好好儿的等待老死才对。爱丁堡有什么？那些老爷太太小姐们，不过想玩玩乡下初出来的猴子而已，她们哪里晓得什么是诗？听说诗人的头盖骨，左边是突起的，她们想看看。听说诗人的心有七个窟窿，她们想数数看。大都会！首善之区！我和乡下的许多盲目的青年一样，受了这几个好听的名字的骗，终于离开了情逾骨肉的朋友，离开了值得拼命的事业，骑驴走马，积了满身尘土，在北方污浊的人海里，游泳了两三年。往日的亲朋星散，创造社成绩空空，只今又天涯沦落，偶尔在屈贾英灵的近地，机缘凑巧，和老友忽漫相逢，在高楼上空谈了半夜雄天，坐席未温，而明朝又早是江陵千里，不得不南浦送行，我为的是什么？我究在这里干什么呢？

我的确有点伤感起来了。栏外的杜鹃，又只是“不如归去，不如归去”的在那里乱叫。

“仿吾，你还不睡么？”

“再坐一会！”

我不能耐了，就不再说话，一个人进房里去睡了觉。仿吾一个人，在回廊上究竟坐到了什么时候才睡？他一个人坐在那深夜黑暗的回廊上，究竟想了些什么？这些事情，大约只有他一个人知道。第二天早晨，天还未亮的时候，他站在我的帐外，轻轻的叫我：

“达夫！你不要起来，我走了。”一九二五年五月二十三日招商公司的下水船，的确是午前六点钟起锚的。

悼夏丏尊先生

郑振铎

他没有机心；表里如一。他藏不住话，有什么便说什么，所以大家都称他“老孩子”。他的天真无邪之处，的确够得上称为一个“孩子”的。

夏丐尊先生死了，我们再也听不到他的叹息，他的悲愤的语声了；但静静的想着时，我们仿佛还都听见他的叹息，他的悲愤的语声。

他住在沦陷区里，生活紧张而困苦，没有一天不在愁叹着。是悲天？是悯人？

胜利到来的时候，他曾经很天真的高兴了几天。我们相见时，大家都说道，“好了，好了，”个个人的脸上似乎都泯没了愁闷：耀着一层光彩。他也同样的说道：“好了，好了！”

然而很快的，便又陷入愁闷之中。他比我们敏感，他似乎失望，愁闷得更迅快些。

他曾经很高兴的写过几篇文章；很提出些正面的主张出来。但过了一会，便又沉默下去，一半是为了身体逐渐衰弱的关系。

他是一个自由主义者，反对一切的压迫和统制。他最富于正义感。看不惯一切的腐败、贪污的现象。他自己曾经说道："自恨自己怯弱，没有直视苦难的能力，却又具有着对于苦难的敏感。"又道："记得自己幼时，逢大雷雨躲入床内；得知家里要杀鸡就立刻逃避；看戏时遇到《翠屏山》《杀嫂》等戏，要当场出彩，预先俯下头去，以及妻每次产时，不敢走入产房，只在别室中闷闷地听着妻的呻吟声，默祷她安全的光景。"（均见《平屋杂文》）

这便是他的性格。他表面上很恬淡，其实，心是热的；他仿佛无所褒贬，其实，心里是泾渭分得极清的。在他淡淡的谈话里，往往包含着深刻的意义。他反对中国人传统的调和与折衷的心理。他常常说，自己是一个早衰者，不仅在身体上，在精神上也是如此。他有一篇《中年人的寂寞》：

> 我已是一个中年的人。一到中年，就有许多不愉快的现象，眼睛昏花了，记忆力减退了，头发开始秃脱而

且变白了，意兴、体力什么都不如年青的时候，常不禁会感觉得难以名言的寂寞的情味。尤其觉得难堪的是知友的逐渐减少和疏远，缺乏交际上的温暖的慰藉。

在《早老者的忏悔》里，他又说道：

我今年五十，在朋友中原比较老大。可是自己觉得体力减退，已好多年了。三十五六岁以后，我就感到身体一年不如一年，工作起不得劲，只得是恹恹地勉强挨，几乎无时不觉到疲劳，什么都觉得厌倦，这情形一直到如今。十年以前，我还只四十岁，不知道我年龄的，都以我是五十岁光景的人，近来居然有许多人叫我“老先生”。论年龄，五十岁的人应该还大有可为，古今中外，尽有活到了七十八十，元气很盛的。可是我却已经老了，而且早已老了。

这是他的悲哀，但他的并不因此而消极，正和他的不因寂寞而厌世一样。他常常愤慨，常常叹息，常常悲愁。他的愤慨、叹息、悲愁，正是他的入世处。他爱世、爱人、尤爱“执着”的有所为的人，和狷介的有所不为的人，他爱年轻人；他讨厌权威，讨厌做作、虚伪的人。他没有机心；表里如一。他藏不住话，有什么便说什么，所以大家都称他“老孩子。他的天真无邪之处，的确够得上称为一个“孩子”的。

他从来不提防什么人。他爱护一切的朋友，常常担心他们的安全与困苦。我在抗战时逃避在外，他见了面，便问道：“没有什么么?”我在卖书过活，他又异常关切的问道；“不太穷困么？卖掉了可以过一个时期吧。”

“又要卖书了么?”他见我在抄书目时问道。

我点点头．向来不作乞怜相，装作满不在乎的神气，有点倔强，也有点傲然，但见到他的皱着眉头，同情的叹气时，我几乎也要叹出气来。

他很远的挤上了电车到办公的地方来，从来不肯坐头等，总是挤在拖车里。我告诉他，拖车太颠太挤，何妨坐头等，他总是不改变态度，天天挤，挤不上，再等下一部；有时等了好几部还挤不上。到了办公的地方，总是叹了一口气后才坐下。

“丏翁老了，”朋友们在背后都这么说。我们有点替他发愁，看他显著的一天天的衰老下去。他的营养是那么坏，家里的饭菜不好，吃米饭的时候很少；到了办公的地方时，也只是以一块面包当作午餐。那时候，我们也都吃着烘山芋、面包、小馒头或羌饼之类作午餐，但总想有点牛肉、鸡蛋之类伴着吃，他却从来没有过；偶然是涂些果酱上去，已经算是很奢侈了。我们有时高兴上小酒馆去喝酒，去邀他，他总是不去。

在沦陷时代。他曾经被敌人的宪兵捉去过。据说，有他的照相，也有关于他的记录。他在宪兵队里，虽没有被打，上电刑或灌水之类，但睡在水门汀上，吃着冷饭，他的身体因此益发坏下去。敌人们大概也为他的天真而恳挚的态度所感动吧，后来，对待他很不坏。比别人自由些，只有半个月便被放了出来。

他说，日本宪兵曾经问起了我，“你有见到郑某某吗?”他撒了谎，说道，“好久好久不见到他了。”其实，在那时期，我们差不多天天见到的。他是那么爱护着他的朋友!

他回家后，显得更憔悴了；不久，便病例。我们见到他，他也只是叹气，慢吞吞的说着经过。并不因自己的不幸的遭遇而特别觉得愤怒。他永远是悲天悯人的。——连他自己也在内。

在晚年，他有时觉得很起劲，为开明书店计划着出版辞典；同时发愿要译《南藏》。他担任的是《佛本生经》（“Jataka”）的翻译，已经译成了若干，有一本仿佛已经出版了。我有一部英译本的“Jataka”，他要借去做参考，我答应了他，可惜我不能回家，托人去找，遍找不到。等到我能够回家，而且找到“Jataka”时。他已经用不到这部书了。我见到它，心里便觉得很难过，仿佛做了一件不可补偿的事。

他很耿直，虽然表面上是很随和。他所厌恨的事，隔了多少年，也还不曾忘记。有一次，在一个宴会上遇到了一个他在杭州第一师范学校教书时代的浙江教育厅长，他便有点不奈烦，叨叨地说着从前的故事。我们都觉得窘，但他却一点也不觉得。

他是爱憎分明的！

他从事于教育很久，多半在中学里教书。他的对待学生们从来不采取严肃的督责的态度。他只是恳挚的诱导着他们。

……我入学之后，常听到同学们谈起夏先生的故事，其中有一则我记得最牢，感动得最深的，是说夏先生最初在一师兼任舍监的时候，有些不好的同学，晚上熄灯，点名之后，偷出校门，在外面荒唐到深夜才回来；夏先生查到之后，并不加任何责罚，只是恳切的劝导，如果一次两次仍不见效，于是夏先生第三次就守候着他，无论怎样夜深都守候着他，守候着了，夏先生对他仍旧不加任何责罚，只是苦口婆心，更加恳切地劝导他，一次不成、二次，二次不成，三次……，总要使得犯过者真心悔过，彻底觉悟而后已。

——许志行《不堪回首悼先生》

他是上海立达学园的创办人之一，立达的几位教师对于学生们所应用的也全是这种恳挚的感化的态度。他在国立暨南大学做过国文系主任，因为不能和学校当局意见相同，不久，便辞职不干。此后，便一直过着编译的生活，有时，也教教中学。学生们对于他，印象都非常深刻，都敬爱着他。

他对于语文教学，有湛深的研究。他和刘薰宇合编过一本《文章作法》，和叶绍钧合编过《文章讲话》、《阅读与写作》及《文心》，也像做国文教师时的样子，细心而恳切的谈着作文的心诀。他自己作文很小心，一字不肯苟且；阅读别人的文章时，也很小心，很慎重，一字不肯放过。从前《中学生》杂志有过“文章病院”一栏，批评着时人的文章，有发必中；便是他在那里主持着的；他自己也动笔写了几篇东西。

古人说“文如其人”。我们读他的文章，确有此感。我很喜欢他的散文，每每劝他编成集子。《平屋杂文》一本，便是他的第一个散文集子。他毫不做作，只是淡淡的写来，但是骨子里很丰腴。虽然是很短的一篇文章，不署名的，读了后，也猜得出是他写的。在那里，言之有物；是那么深切的混和着他自己的思想和态度。

他的风格是朴素的，正和他为人的朴素一样。他并不堆砌，只是平平的说着他自己所要说的话。然而，没有一句多余的话，不诚实的话，字斟句酌，决不急就。在文章上讲，是“盛水不漏”，无懈可击的。

他的身体是病态的胖肥，但到了最后的半年，显得瘦了，气色很灰暗。营养不良，恐怕是他致病的最大原因。心境的忧郁，也有一部分的因素在内。友人们都说他“一肚皮不合时宜”。在这样一团糟的情形之下，“合时宜”的都是些何等人物，可想而知。怎能怪丐尊的牢骚太多呢！

想到这里，便仿佛听见他的叹息，他的悲愤的语声在耳边响着。他的忧郁的脸、病态的身体，仿佛还在我们的眼前出现。然而他是去了！永远的去了，那悲天悯人的语调是再也听不到了！

如今是，那么需要由叹息、悲愤里站起来干的人，他如不死，可能会站起来干的。这是超出于友情以外的一个更大的损失。

一九四六年

哭佩弦

郑振铎

有人来说，佩弦瘦了，头上也有了白发。我没有想象到佩弦瘦到什么样子；我的印象中，他始终是一位结结实实的矮个子。

从抗战以来，接连的有好几位少年时候的朋友去世了。哭地山、哭六逸、哭济之，想不到如今又哭佩弦（即朱自清）了。在朋友们中，佩弦的身体算是很结实的。矮矮的个子，方而微圆的脸，不怎么肥胖，但也决不瘦。一眼望过去，便是结结实实的一位学者。说话的声音，徐缓而有力。不多说废话，从不开玩笑；纯然是忠厚而笃实的君子。写信也往往是寥寥的几句，意尽而止。但遇到讨论什么问题的时候，却滔滔不绝。他的文章，也是那么的不蔓不枝，恰到好处，增加不了一句，也删节不掉一句。

他做什么事都负责到底。他的《背影》，就可作为他自己的一个描写。他的家庭负担不轻，但他全力的负担着，不叹一句苦。他教了三十多年的书，在南方各地教，在北平教；在中学里教，在大学里教。他从来不肯马马虎虎的教过去。每上一堂课，在他是一件大事。尽管教得很熟的教材，但他在上课之前，还须仔细的预备着。一边走上课堂，一边还是十分的紧张。记得在清华大学的时候，有一次我在他办公室里坐着，见他紧张的在翻书。我问道：“下一点钟有课吗？”

“有的，”他说道，“总得要看看。”像这样负责的教员，恐怕是不多见的。他写文章时，也是以这样的态度来写。写得很慢，改了又改，决不肯草率的拿出去发表。我上半年为《文艺复兴》的《中国文学研究》号向他要稿子，他寄了一篇《好与巧》来，这是一篇结实而用力之作。但过了几天，他又来了一封快信，说，还要修改一下，要我把原稿寄回给他。我寄了回去。不久，修改的稿子来了，增加了不少有力的例证。他就是那么不肯马马胡胡地过下去的！

他的主张，向来是老成持重的。

将近二十年了，我们同在北平。有一天，在燕京大学南大地一位友人处晚餐。我们热烈地辩论着“中国字”是不是艺术的问题。向来总是“书画”同称，我却反对这个传统的观念。大家提出了许多意见。有的说，艺术是有个性的；中国字有个性，所以是艺术。又有的说，中国字有组织，有变化，极富于美术的标准。我却极力的反对着他们的主张。我说，中国字有个性，难道别国的字就表现不出个性了吗？要说写得美，那么，梵文和蒙古文写得也是十分匀美的。这样的辩论，当然是不会有结果的。

临走的时候，有一位朋友还说，他要编一部《中国艺术史》，一定要把中国书法的一部门放进去。我说，如果把“书”也和“画”同样的并列在艺术史里，那么，这部艺术史一定不成其为艺术史的。

当时，有十二个人在座。九个人都反对我的意见。只有冯芝生和我意见全同。佩弦一声也不言语。我问道：“佩弦，你的主张怎么样呢？”

他郑重的说道：“我算是半个赞成的吧。说起来，字的确是不应该成为美术。不过，中国的书法，也有他长久的传统的历史。所以，我只赞成一半。”

这场辩论，我至今还鲜明的在眼前。但老成持重，一半和我同调的佩弦却已不在人间，不能再参加那么热烈的争论了。

这样的一位结结实实的人，怎么会刚过五十便去世了呢？——我说“结结实实”，这是我十多年前的印象。在抗战中，我们便没有见过。在抗战中，他从北平随了学校撤退到后方。他跟着学生徒步跑，跑到长沙，又跑到昆明。还照料着学校图书馆里搬出来的几千箱的书籍。这一次的长征，也许使他结结实实的身体开始受了伤。

在昆明联大的时候，他的生活很苦。他的夫人和孩子们都不能在身边，为了经济的拮据，只能让他们住在成都。听说，食米的恶劣，使他开始有了胃病。他是一位有名的衣履不周的教授之一。冬天，没有大衣，把马夫用的毡子裹在身上，就作为大衣；而在夜里，这一条毡子便又作为棉被用。

有人来说，佩弦瘦了，头上也有了白发。我没有想象到佩弦瘦到什么样子；我的印象中，他始终是一位结结实实的矮个子。

胜利以后，大家都复员了，应该可以见到。但他为了经济的关系，经从内地到北平去，并没有经过南方。我始终没有见到瘦了后的佩弦。

在北平，他还是过得很苦，他并没有松下一口气来。

暑假后，是他应该休息的一年。我们都盼望他能够到南边来游一趟，谁知道在假期里他便一瞑不视了呢？我永远不会再有机会见到瘦了后的佩弦了！

佩弦虽然在胜利三年后去世，其实他是为抗战而牺牲者之一。那么结结实实的身体，如果不经过抗战的这一个阶段的至窘极苦的生活，他怎么会瘦弱了下去而死了呢？他的致死的病是胃溃疡与肾脏炎。积年的吃了多沙粒与稗子的配给米，是主要的原因；积年的缺乏营养与过度的工作，使他一病便不起。尽管有许多人发了国难财，胜利财，乃至汉奸们也发了财而逍遥法外，许多瘦子都变成了肥头大脸的胖子，但像佩弦那样的文人、学者与教授，却只是天天的瘦下去，以至于病倒而死。就在胜利后，他们过的还是那么苦难的日子，与可悲愤的生活。

在这个悲愤苦难的时代，连老成持重的佩弦，也会是充满了悲愤的。在报纸上，见到有佩弦签名的有意义的宣言不少。他曾经对他的学生们说：“给我以时间，我要慢慢的学。”他在走上一条新的路上来了。可惜的是，他正在走着，他的旧伤痕却使他倒了下去。

他花了整整的一年工夫，编成《闻一多全集》。他既担任着这一个工作，他便勤勤恳恳的专心一志的负责到底的做着。《闻一多全集》的能够出版，他的力量是最大的；他所费的时间也最多。我们读到他的《闻一多全集》的序，对于他的“不负死友”的精神，该怎样的感动。

一多刚刚走上一条新的路，便死了；如今佩弦又是这样。过了中年的人要蜕变是不容易的。而过了中年的人经过了这十多年的折磨之后，又是多末脆弱啊！佩弦的死，不仅是朋友们该失声痛哭，哭这位忠厚笃实的好友的损失，而且也是中国的一个重大的损失，损失了那么一位认真而诚恳的教师，学者与文人！

卅七年八月十七日写于上海

悼志摩

林徽因

事实上他只是比我们认真，虔诚到傻气，到痴！他愉快起来他的快乐的翅膀可以碰得到天，他忧伤起来，他的悲戚是深得没有底。

十一月十九日我们的好朋友，许多人都爱戴的新诗人，徐志摩突兀的，不可信的，残酷的，在飞机上遇险而死去。这消息在二十日的早上像一根针刺猛触到许多朋友的心上，顿使那一早的天墨一般地昏黑，哀恸的咽哽锁住每一个人的嗓子。

志摩……死……谁曾将这两个句子联在一起想过！他是那样活泼的一个人，那样刚刚站在壮年的顶峰上的一个人。朋友们常常惊讶他的活动，他那像小孩般的精神和认真，谁又会想到他死？

突然的，他闯出我们这共同的世界，沉入永远的静寂，不给我们一点预告，一点准备，或是一个最后希望的余地。这种几乎近于忍心的决绝，那一天不知震麻了多少朋友的心？现在那不能否认的事实，仍然无情地挡住我们前面。任凭我们多苦楚的哀悼他的惨死，多迫切的希冀能够仍然接触到他原来的音容，事实是不会为体贴我们这悲念而有些须更改；而他也再不会为不忍我们这伤悼而有些须活动的可能！这难堪的永远静寂和消沉便是死的最残酷处。

我们不迷信的，没有宗教地望着这死的帏幕，更是丝毫没有把握。张开口我们不会呼吁，闭上眼不会入梦，徘徊在理智和情感的边沿，我们不能预期后会，对这死，我们只是永远发怔，吞咽枯涩的泪，待时间来剥削这哀恸的尖锐，痂结我们每次悲悼的创伤。

那一天下午初得到消息的许多朋友不是全跑到胡适之先生家里么？但是除却拭泪相对，默然围坐外，谁也没有主意，谁也不知有什么话说，对这死！

谁也没有主意，谁也没有话说！事实不容我们安插任何的希望，情感不容我们不伤悼这突兀的不幸，理智又不容我们有超自然的幻想！默然相对，默然围坐……而志摩则仍是死去没有回头，没有音讯，永远地不会回头，永远地不会再有音讯。

我们中间没有绝对信命运之说的，但是对着这不测的人生，谁不感到惊异，对着那许多事实的痕迹又如何不感到人力的脆弱，智慧的有限。世事尽有定数？世事尽是偶然？对这永远的疑问我们什么时候能有完全的把握？

在我们前边展开的只是一堆坚质的事实：

“是的，他十九晨有电报来给我……”

“十九早晨，是的！说下午三点准到南苑，派车接……”

“电报是九时从南京飞机场发出的……”

“刚是他开始飞行以后所发……”

“派车接去了，等到四点半……说飞机没有到……”

“没有到……航空公司说济南有雾……很大……”只是一个钟头的差别；下午三时到南苑，济南有雾！谁相信就是这一个钟头中便可以有这么不同事实的发生，志摩，我的朋友！

他离平的前一晚我仍见到，那时候他还不知道他次晨南旅的，飞机改期过三次，他曾说如果再改下去，他便不走了的。我和他同由一个茶会出来，在总布胡同口分手。在这茶会里我们请的是为太平洋会议来的一个柏雷博士，因为他是志摩生平最爱慕的女作家曼殊斐儿的姊丈，志摩十分的殷勤；希望可以再从柏雷口中得些关于曼殊斐儿早年的影子，只因限于时间，我们茶后匆匆地便散了。晚上我有约会出去了，回来时很晚，听差说他又来过，适遇我们夫妇刚走，他自己坐了一会，喝了一壶茶，在桌上写了些字便走了。我到桌上 看

“定期早六时飞行，此去存亡不卜……”我怔住了，心中一阵不痛快，却忙给他一个电话。

“你放心，”他说，“很稳当的，我还要留着生命看更伟大的事迹呢，哪能便死？……”

话虽是这样说，他却是已经死了整两周了！

凡是志摩的朋友，我相信全懂得，死去他这样一个朋友是怎么一回事！

现在这事实一天比一天更结实，更固定，更不容否认。志摩是死了，这个简单残酷的实际早又添上时间的色彩，一周，两周，一直的增长下去……

我不该在这里语无伦次的尽管呻吟我们做朋友的悲哀情绪。归根说，读者抱着我们文字看，也就是像志摩的请柏雷一样，要从我们口里再听到关于志摩的一些事。这个我明白，只怕我不能使你们满意，因为关于他的事，动听的，使青年人知道这里有个不可多得的人格存在的，实在太多，决不是几千字可以表达得完。谁也得承认像他这样的一个人世间便不轻易有几个的，无论在中国或是外国。

我认得他，今年整十年，那时候他在伦敦经济学院，尚未去康桥。我初次遇到他，也就是他初次认识到影响他迁学的狄更生先生。不用说他和我父亲最谈得来，虽然他们年岁上差别不算少，一见面之后便互相引为知己。他到康桥之后由狄更生介绍进了皇家学院，当时和他同学的有我姊丈温君源宁。一直到最近两月中源宁还常在说他当时的许多笑话，虽然说是笑话，那也是他对志摩最早的一个惊异的印象。志摩认真的诗情，绝不含有丝毫矫伪，他那种痴，那种孩子似的天真实能令人惊讶。源宁说，有一天他在校舍里读书，外边下了倾盆大雨——惟是英伦那样的岛国才有的狂雨——忽然地听到有人猛敲他的房门，外边跳进一个被雨水淋得全湿的客人。不用说他便是志摩，一进门一把扯着源宁向外跑，说快来我们到桥上去等着。这一来把源宁怔住了，他问志摩等什么在这大雨里。志摩睁大了眼睛，孩子似的高兴地说：“看雨后的虹去。”源宁不止说他不去，并且劝志摩趁早将湿透的衣服换下，再穿上雨衣出去，英国的湿气岂是儿戏，志摩不等他说完，一溜烟地自己跑了！

以后我好奇地曾问过志摩这故事的真确，他笑着点头承认这全段故事的真实。我问：那么下文呢，你立在桥上等了多久，并且看到虹了没有？他说记不清但是他居然看到了虹。我诧异地打断他对那虹的描写，问他，怎么他便知道，准会有虹的。他得意地笑答我说："完全诗意的信仰！"

"完全诗意的信仰"，我可要在这里哭了！也就是为这"诗意的信仰"他硬要借航空的方便达到他"想飞"的宿愿！"飞机是很稳当的，"他说，"如果要出事那是我的运命！"他真对运命这样完全诗意的信仰！

志摩我的朋友，死本来也不过是一个新的旅程，我们没有到过的，不免过分地怀疑，死不定就比这生苦，"我们不能轻易断定那一边没有阳光与人情的温慰"，但是我前边说过最难堪的是这永远的静寂。我们生在这没有宗教的时代，对这死实在太没有把握了。这以后许多思念你的日子，怕要全是昏暗的苦楚，不会有一点点光明，除非我也有你那美丽的诗意的信仰！

我个人的悲绪不竟又来扰乱我对他生前许多清晰的回

忆，朋友们原谅。

诗人的志摩用不着我来多说，他那许多诗文便是估价他的天平。我们新诗的历史才是这样的短，恐怕他的判断人尚在我们儿孙辈的中间。我要谈的是诗人之外的志摩。人家说志摩的为人只是不经意的浪漫，志摩的诗全是抒情诗，这断语从不认识他的人听来可以说很公平，从他朋友们看来实在是对不起他。志摩是个很古怪的人，浪漫固然，但他人格里最精华的却是他对人的同情和蔼，和优容；没有一个人他对他不和蔼，没有一种人，他不能优容，没有一种的情感，他绝对地不能表同情。我不说了解，因为不是许多人爱说志摩最不解人情么？我说他的特点也就在这上头。

我们寻常人就爱说了解；能了解的我们便同情，不了解的我们便很落漠乃至于酷刻。表同情于我们能了解的，我们以为很适当；不表同情于我们不能了解的，我们也认为很公平。志摩则不然，了解与不了解，他并没有过分地夸张，他只知道温存，和平，体贴，只要他知道有情感的存在，无论出自何人，在何等情况之下，他理智上认为适当与否，他全能表几分同情，他真能体会原谅他人与他自己不相同处。从不会刻薄地单支出严格的迫仄的道德的天平指谪凡是与他不同的人。他这样的温和，这样的优容，真能使许多人惭愧，我可以忠实地说，至少他要比我们多数的人伟大许多；他觉得人类各种的情感动作全有它不同的，价值放大了的人类的眼光，同情是不该只限于我们划定的范围内。他是对的，朋友们，归根说，我们能够懂得几个人，了解几桩事，几种情感？哪一桩事，哪一个人没有多面的看法！为此说来志摩朋友之多，不是个可怪的事；凡是认得他的人不论深浅对他全有特殊的感情，也是极自然的结果。而反过来看他自己在他一生的过程中却是很少得着同情的。不止如是，他还曾为他的一点理想的愚诚几次几乎不见容于社会。但是他却未曾为这个而鄙吝他给他人的同情心，他的性情，不曾为受了刺激而转变刻薄暴戾过，谁能不承认他几有超人的宽量。

志摩的最动人的特点，是他那不可信的纯净的天真，对他的理想的愚诚，对艺术欣赏的认真，体会情感的切实，全是难能可贵到极点。他站在雨中等虹，他甘冒社会的大不韪争他的恋爱自由；他坐曲折的火车到乡间去拜哈代，他抛弃博士一类的引诱卷了书包到英国，只为要拜罗素做老师，他为了一种特异的境遇，一时特异的感动，从此在生命途中冒险，从此抛弃所有的旧业，只是尝试写几行新诗——这几年新诗尝试的运命并不太令人踊跃，冷嘲热骂只是家常便饭——他常能走几里路去采几茎花，费许多周折去看一个朋友说两句话；这些，还有许多，都不是我们寻常能够轻易了解的神秘。我说神秘，其实竟许是傻，是痴！事实上他只是比我们认真，虔诚到傻气，到痴！他愉快起来他的快乐的翅膀可以碰得到天，他忧伤起来，他的悲戚是深得没有底。寻常评价的衡量在他手里失了效用，利害轻重他自有他的看法，纯是艺术的情感的脱离寻常的原则，所以往常人常听到朋友们说到他总爱带着嗟叹的口吻说："那是志摩，你又有什么法子！"他真的是个怪人么？朋友们，不，一点都不是，他只是比我们近情，近理，比我们热诚，比我们天真，比我们对万物都更有信仰，对神，对人，对灵，对自然，对艺术！

朋友们我们失掉的不止是一个朋友，一个诗人，我们丢掉的是个极难得可爱的人格。

至于他的作品全是抒情的么？他的兴趣只限于情感么？更是不对。志摩的兴趣是极广泛的。就有几件，说起来，不认得他的人便要奇怪。他早年很爱数学，他始终极喜欢天文，他对天上星宿的名字和部位就认得很多，最喜暑夜观星，好几次他坐火车都是带着关于宇宙的科学的书。他曾经疯过爱因斯坦的相对论，并且在一九二二年便写过一篇关于相对论的东西登在《民铎》杂志上。他常向思成说笑："任公先生的相对论的知识还是从我徐君志摩大作上得来的呢，因为他说他看过许多关于爱因斯坦的哲学都未曾看懂，看到志摩的那篇才懂了。"今夏我住香山养病，他常来闲谈，有一天谈到他幼年上学的经过和美国克莱克大学两年学经济学的情况，我们不禁对笑了半天，后来他在他的《猛虎集》的《序》里也说了那么一段。可是奇怪的！他不像许多天才，幼年里上学，不是不及格，便是被斥退，他是常得优等的，听说有一次康乃尔暑校里一个极严的经济教授还写了信去克莱克大学教授那里恭维他的学生，关于一门很难的功课。我不是为志摩在这里夸张，因为事实上只有为了这桩事，今夏志摩自己便笑得不亦乐乎！

此外他的兴趣对于戏剧绘画都极深浓，戏剧不用说，与诗文是那么接近，他领略绘画的天才也颇可观，后期印象派的几个画家，他都有极精密的爱恶，对于文艺复兴时代那几位，他也很熟悉，他最爱鲍提且利和达文骞。自然地他也常承认文人喜画常是间接地受了别人论文的影响，他的，就受了法兰（Roger Fry）和斐德（Walter Pater）的不少。对于建筑审美他常常对思成和我道歉说：“太对不起，我的建筑常识全是 Ruskins 那一套。”他知道我们是讨厌 Ruskins 的。但是为看一个古建的残址，一块石刻，他比任何人都热心，都更能静心领略。

他喜欢色彩，虽然他自己不会作画，暑假里他曾从杭州给我几封信，他自己叫它们做“描写的水彩画”，他用英文极细致地写出西（边）桑田的颜色，每一分嫩绿，每一色鹅黄，他都仔细地观察到。又有一次他望着我园里一带断墙半晌不语，过后他告诉我说，他止在默默体会，想要描写那墙上向晚的艳阳和刚刚入秋的藤萝。

对于音乐，中西的他都爱好，不止爱好，他那种热心便唤醒过北平一次——也许惟一的一次——对音乐的注意。谁也忘不了那一年，克拉斯拉到北平在“真光”拉一个多钟头的提琴。对旧剧他也得算“在行”，他最后在北平那几天我们曾接连地同去听好几出戏，回家时我们讨论的热闹，比任何剧评都诚恳都起劲。

谁相信这样的一个人，这样忠实于“生”的一个人，会这样早地永远地离开我们另投一个世界，永远地静寂下去，不再透些须声息！

我不敢再往下写，志摩若是有灵听到比他年轻许多的一个小朋友拿着老声老气的语调谈到他的为人不觉得不快么？这里我又来个极难堪的回忆，那一年他在这同一个的报纸上写了那篇伤我父亲惨故的文章，这梦幻似的人生转了几个弯，曾几何时，却轮到我在这风紧夜深里握吊他的惨变，这是什么人生？什么风涛？什么道路？志摩，你这最后的解脱未始不是幸福，不是聪明，我该当羡慕你才是。

一九三一年十二月七日刊于《北京晨报》

伤双栝老人

徐志摩

再没有第二人，除了你，能给我这样脆爽的清谈的愉快。再没有第二人在我的前辈中，除了你，能使我感受这样的无“执”无“我”精神。

看来你的死是无可致疑的了，宗孟先生，虽则你的家人们到今天还没法寻回你的残骸。最初消息来时，我只是不信，那其实是太奇特，太荒唐，太不近情。我曾经几回梦见你生还，叙述你历险的始末，多活现的梦境！但如今在栝树凋尽了青枝的庭院，再不闻“老人”的謦欬；真的没了，四壁的白联仿佛在微风中叹息。这三四十天来，哭你有你的内眷、姊妹、亲戚，悼你的私交；惜你有你的政友与国内无数爱君才调的士夫。志摩是你的一个忘年的小友。我不来敷陈你的事功，不来历叙你的言行；我也不来再加一份涕泪吊你最后的惨变。

魂兮归来！此时在一个风满天的深夜握笔，就只两件事闪闪的在我心头：一是你的谐趣天成的风怀，一是髫年失怙的诸弟妹，他们，你在时，哪一息不是你的关切，便如今，料想你彷徨的阴魂也常在他们的身畔飘逗。平时相见，我倾倒你的语妙，往往含笑静听，不叫我的笨涩羼杂你的莹澈，但此后，可恨这生死间无情的阻隔，我再没有那样的清福了！只当你是在我跟前，只当是消磨长夜的闲谈，我此时对你说些琐碎，想来你不至厌烦吧。

先说说你的弟妹。你知道我与小孩子们说得来，每回我到你家去，他们一群四五个，连着眼珠最黑的小五，浪一般的拥上我的身来，牵住我的手，攀住我的头，问这样，问那样；我要走时他们就着了忙，抢帽子的，锁门的，嗄着声音苦求的——你也曾见过我的狼狈。自从你的噩耗到后，可怜的孩子们，从不满四岁到十一岁，哪懂得生死的意义，但看了大人们严肃的神情，他们也都发了呆，一个个木鸡似的在人前愣着。有一天听说他们私下在商量，想组织一队童子军，冲出山海关去替爸爸报仇！

“栝安”那虚报到的一个早上，我正在你家。忽然间一阵天翻似的闹声从外院陡起，一群孩子拥着一位手拿电纸的大声的欢呼着，冲锋似的陷进了上房。果然是大胜利，该得庆祝的:“爹爹没有事!”“爹爹好好的!”徽那里平安电马上发了去,省她急。福州电也发了去,省他们跋涉。但这欢喜的风景运定活不到三天,又叫接着来的消息给完全煞尽!

当初送你同去的诸君回来,证实了你的死信。那晚,你的骨肉一个个走进你的卧房,各自默恻恻的坐下,啊,那一阵子最难堪的噤寂,千万种痛心的思潮在各个人的心头,在这沉默的暗惨中,激荡、汹涌起伏。可怜的孩子们也都泪滢滢的攒聚在一处,相互的偎着,半懂得情景的严重。霎时间,冲破这沉默,发动了决声的号啕,骨肉间至性的悲哀——你听着吗,宗孟先生,那晚有半轮黄月斜觇着北海白塔的凄凉?

我知道你不能忘情这一群童稚的弟妹。前晚我去你家时见小四小五在灵帏前翻着筋斗,正如你在时他们常在你的跟前献技。“你爹呢?”我拉住他们问。“爹死了”,他们嘻嘻的回答,小五搂住了小四,一和身又滚做一堆!他们将来的养育是你身后唯一的问题——说到这里,我不由的想起了你离京前最后几回的谈话。政治生活,你说你不但尝够而且厌烦了。这五十年算是一个结束,明年起你准备谢绝俗缘,亲自教课膝前的子女;这一清心你就可以用功你的书法,你自觉你腕下的精力,老来只是健进,你打算再花二十年工夫，打磨你艺术的天才；文章你本来不弱，但你想望的却不是什么等身的著述，你只求沥一生的心得，淘成三两篇不易衰朽的纯晶。这在你是一种觉悟；早年在国外初识面时，你每每自负你政治的异禀，即在年前避居津地时你还以为前途不少有为的希望，直至最近政态诡变，你才内省厌倦，认真想回复你书生逸士的生涯。我从最初惊讶你清奇的相貌，惊讶你更清奇的谈吐，我便不阿附你从政的热心，曾经有多少次我讽劝你趁早回航，领导这新时期的精神，共同发现文艺的新土。即如前半年泰戈尔来时，你那兴会正不让我们年轻人；你这半百翁登台演戏，不辞劳倦的精神正不知给了我们多少的鼓舞！

不，你不是“老人”；你至少是我们后生中间的一个。在你的精神里，我们看不见苍苍的鬓发，看不见五十年光阴的痕迹；你的依旧是二三十年前“春痕”故事里的“逸”的风情——“万种风情无地着”，是你最得意的名句，谁料这下文竟命定是“辽原白雪葬华颠”！

谁说你不是君房的后身？可惜当时不曾记下你摇曳多姿的吐属，蓓蕾似的满缀着警句与谐趣，在此时回忆，只如天海远处的点点航影，再也认不分明。你常常自称厌世人。果然，这世界，这人情，哪禁得起你锐利的理智的解剖与抉剔？你的锋芒，有人说，是你一生最吃亏的所在。

但你厌恶的是虚伪，是矫情，是顽老，是乡愿的面目，那还不是该的？谁有你的豪爽，谁有你的倜傥，谁有你的幽默？你的锋芒，即使露，也决不是完全在他人身上应用，你何尝放过你自己来？对己一如对人，你丝毫不存姑息，不存隐讳。这就够难能，在这无往不是矫揉的日子。再没有第二人，除了你，能给我这样脆爽的清谈的愉快。再没有第二人在我的前辈中，除了你，能使我感受这样的无“执”无“我”精神。

最可怜是远在海外的徽徽，她，你曾经对我说，是你唯一的知己；你，她也曾对我说，是她唯一的知己。你们这父女不是寻常的父女。“做一个有天才的女儿的父亲，”你曾说，“不是容易享的福，你得放低你天伦的辈分先求做到友谊的了解”。徽，不用说，一生崇拜的就只你，她一生理想的计划中，哪件事离得了聪明不让她自己的老父？但如今，说也可怜，一切都成了梦幻，隔着这万里途程，她那弱小的心灵如何载得起这奇重的哀惨！这终天的缺陷，叫她问谁补去？佑着她吧，你不昧的阴灵，宗孟先生，给她健康，给她幸福，尤其给她艺术的灵术——同时提携她的弟妹，共同增荣雪池双栝的清名！

十五年二月二日新月社

忆刘半农君

鲁 迅

不错，半农确是浅。但他的浅，却如一条清溪，澄澈见底，纵有多少沉渣和腐草，也不掩其大体的清。

这是小峰出给我的一个题目。

这题目并不出得过分。半农去世，我是应该哀悼的，因为他也是我的老朋友。但是，这是十来年前的话了，现在呢，可难说得很。

我已经忘记了怎么和他初次会面，以及他怎么能到了北京。他到北京，恐怕是在《新青年》投稿之后，由蔡孑民先生或陈独秀先生去请来的，到了之后，当然更是《新青年》里的一个战士。他活泼，勇敢，很打了几次大仗。

譬如罢，答王敬轩的双鐄信，“她”字和“牠”字的创造，就都是的。这两件，现在看起来，自然是琐屑得很，但那是十多年前，单是提倡新式标点，就会有一大群人“若丧考妣”，恨不得“食肉寝皮”的时候，所以的确是“大仗”。现在的二十左右的青年，大约很少有人知道三十年前，单是剪下辫子就会坐牢或杀头的了。然而这曾经是事实。

但半农的活泼，有时颇近于草率，勇敢也有失之无谋的地方。但是，要商量袭击敌人的时候，他还是好伙伴，进行之际，心口并不相应，或者暗暗的给你一刀，他是决不会的。倘若失了算，那是因为没有算好的缘故。

《新青年》每出一期，就开一次编辑会，商定下一期的稿件。其时最惹我注意的是陈独秀和胡适之。假如将韬略比作一间仓库罢，独秀先生的是外面竖一面大旗，大书道：“内皆武器，来者小心！”但那门却开着的，里面有几枝枪，几把刀，一目了然，用不着提防。适之先生的是紧紧的关着门，门上粘一条小纸条道：“内无武器，请勿疑虑。”这自然可以是真的，但有些人——至少是我这样的人——有时总不免要侧着头想一想。半农却是令人不觉其有“武库”的一个人，所以我佩服陈胡，却亲近半农。

所谓亲近，不过是多谈闲天，一多谈，就露出了缺点。几乎有一年多，他没有消失掉从上海带来的才子必有“红袖添香夜读书”的艳福的思想，好容易才给我们骂掉了。但他好像到处都这么的乱说，使有些“学者”皱眉。有时候，连到《新青年》投稿都被排斥。他很勇于写稿，但试去看旧报去，很有几期是没有他的。那些人们批评他的为人，是：浅。

不错，半农确是浅。但他的浅，却如一条清溪，澄澈见底，纵有多少沉渣和腐草，也不掩其大体的清。倘使装的是烂泥，一时就看不出它的深浅来了；如果是烂泥的深渊呢，那就更不如浅一点的好。

但这些背后的批评，大约是很伤了半农的心的，他的到法国留学，我疑心大半就为此。我最懒于通信，从此我们就疏远起来了。他回来时，我才知道他在外国钞古书，后来也要标点《何典》，我那时还以老朋友自居，在序文上说了几句老实话，事后，才知道半农颇不高兴了，“驷不及舌”，也没有法子。另外还有一回关于《语丝》的彼此心照的不快活。五六年前，曾在上海的宴会上见过一回面，那时候，我们几乎已经无话可谈了。

近几年，半农渐渐的据了要津，我也渐渐的更将他忘却；但从报章上看见他禁称“蜜斯”之类，却很起了反感：我以为这些事情是不必半农来做的。从去年来，又看见他不断的做打油诗，弄烂古文，回想先前的交情，也往往不免长叹。我想，假如见面，而我还以老朋友自居，不给一个“今天天气……哈哈哈”完事，那就也许会弄到冲突的罢。

不过，半农的忠厚，是还使我感动的。我前年曾到北平，后来有人通知我，半农是要来看我的，有谁恐吓了他一下，不敢来了。这使我很惭愧，因为我到北平后，实在未曾有过访问半农的心思。

现在他死去了，我对于他的感情，和他生时也并无变化。我爱十年前的半农，而憎恶他的近几年。这憎恶是朋友的憎恶，因为我希望他常是十年前的半农，他的为战士，即使“浅”罢，却于中国更为有益。我愿以愤火照出他的战绩，免使一群陷沙鬼将他先前的光荣和死尸一同拖入烂泥的深渊。

一九三四年八月一日

丁在君这个人

胡　适

这样一个朋友，这样一个人，是不会死的。他的工作，他的影响，他的流风遗韵，是永永留在许多后死的朋友的心里的。

傅孟真先生的《我所认识的丁文江先生》，是一篇很大的文章，只有在君当得起这样一篇好文章。孟真说：

我以为在君确是新时代最良善最有用的中国人之代表，他是欧化中国过程中产生的最高的菁华；他是用科学知识作燃料的大马力机器：他是抹杀主观，为学术为社会为国家服务者，为公众之进步及幸福而服务者。

这都是最确切的评论，这里只有“抹杀主观”四个字也许要引起他的朋友的误会。在君是主观很强的人，不过孟真的意思似乎只是说他“抹杀私意”，“抹杀个人的利害”。意志坚强的人都不能没有主观，但主观是和私意私利说不相同的。王文伯先生曾送在君一个绰号，叫做 the conclusionist，可译做“一个结论家”。这就是说，在君遇事总有他的“结论”，并且往往不放松他的“结论”。一个人对于一件事的“结论”多少总带点主观的成分，意志力强的人带的主观成分也往往比较一般人要多些。这全靠理智的训练深浅来调剂。在君的主观见解是很强的，不过他受的科学训练较深，所以他在立身行道的大关节上终不愧是一个科学时代的最高产儿。而他的意志的坚强又使他忠于自己的信念，知了就不放松，就决心去行，所以成为一个最有动力的现代领袖。

在君从小不喜欢吃海味，所以他一生不吃鱼翅、鲍鱼、海参。我常笑问他：这有什么科学的根据？他说不出来，但他终不破戒。但是他有一次在贵州内地旅行，到了一处地方，他和他的跟人都病倒了。本地没有西医，在君是绝对不信中医的，所以他无论如何不肯请中医诊治，他打电报到贵阳去请西医，必须等贵阳的医生赶到了他才肯吃药。医生还没有赶到，跟他的人已病死了，人都劝在君先服中药，他终不肯破戒。我知道他终身不曾请教过中医，正如他终身不肯拿政府干薪，终身不肯因私事旅行借用免票坐火车一样的坚决。

我常说，在君是一个欧化最深的中国人，是一个科学化最深的中国人。在这一点根本立场上，眼中人物真没有一个人能比上他。这也许是因为他十五岁就出洋，很早就受了英国人生活习惯的影响的缘故。他的生活最有规则：睡眠必须八小时，起居饮食最讲究卫生，在外面饭馆里吃饭必须用开水洗杯筷；他不喝酒，常用酒来洗筷子；夏天家中吃无皮的水果，必须在滚水里浸二十秒钟。

他最恨奢侈，但他最注重生活的舒适和休息的重要，差不多每年总要寻一个歇夏的地方，很费事的布置他全家去避暑；这是大半为他的多病的夫人安排的，但自己也必须去住一个月以上；他的弟弟，侄儿，内侄女，都往往同去，有时还邀朋友去同住。他绝对服从医生的劝告：他早年有脚痒病，医生说赤脚最有效，他就终身穿有多孔的皮鞋，在家常赤脚，在熟朋友家中也常脱袜子，光着脚谈天，所以他自称："赤脚大仙"。他吸雪茄烟有二十年了，前年他脚指有点发麻，医生劝他戒烟，他立刻就戒绝了。这种生活习惯都是科学化的习惯；别人偶一为之，不久就感觉不方便，或怕人讥笑，就抛弃了。在君终身奉行，从不顾社会的骇怪。

他的立身行已，也都是科学化的，代表欧化的最高层。他最恨人说谎，最恨人懒惰，最恨人滥举债，最恨贪污。

他所谓“贪污”，包括拿干薪，用私人，滥发荐书，用公家免票来做私家旅行，用公家信笺来写私信，等等。他接受淞沪总办之职时，我正和他同住在上海客利饭店，我看见他每天接到不少的荐书。他叫一个书记把这些荐信都分类归档，他就职后，需要用某项人时，写信通知有荐信的人定期来受考试，考试及格了，他都雇用；不及格的，他一一通知他们的原荐人。他写信最勤，常怪我案上堆积无数未覆的信。他说：“我平均写一封信费三分钟，字是潦草的，但朋友接着我的回信了。你写信起码要半点钟，结果是没有工夫写信。”蔡孑民先生说在君“案无留牍”，这也是他的欧化的精神。

罗文干先生常笑在君看钱太重，有寒伧气。其实这正是他的小心谨慎之处。他用钱从来不敢超过他的收入，所以能终身不欠债，所以能终身不仰面求人，所以能终身保持一个独立的清白之身。他有时和朋友打牌，总把输赢看得很重，他手里有好牌时，手心常出汗，我们常取笑他，说摸他的手心可以知道他的牌。罗文干先生是富家子弟出身，所以更笑他寒伧。及今思之，在君自从留学回来，担负一个大家庭的求学经费，有时候每年担负到三千元之多，超过他的收入的一半，但他从无怨言，也从不负债；宁可抛弃他的学术生活去替人办煤矿，他不肯用一个不正当的钱：这正是他的严格的科学化的生活规律不可及之处；我们嘲笑他，其实是我们穷书生而有阔少爷的脾气，真不配批评他。

在君的私生活和他的政治生活是一致的。他的私生活的小心谨慎就是他的政治生活的预备。民国十一年，他在《努力周报》第七期上（署名“宗淹”）曾说，我们若想将来做政治生活，应做这几种预备：

第一，是要保存我们“好人”的资格。消极的讲，就是不要“作为无益”；积极的讲，是躬行克己，把责备人家的事从我们自己做起。

第二，是要做有职业的人，并且增加我们职业上的能力。

第三，是设法使得我们的生活程度不要增高。

第四，就我们认识的朋友，结合四五个人，八九个人的小团体，试做政治生活的具体预备。

看前面的三条，就可以知道在君处处把私生活看作政治生活的修养。民国十一年他和我们几个人组织“努力”，我们的社员有两个标准：一是要有操守，二是要在自己的职业上站得住。他最恨那些靠政治吃饭的政客。他当时有一句名言："我们是救火的，不是趁火打劫的。"（《努力》第六期）他做淞沪总办时，一面整顿税收，一面采用最新式的簿记会计制度。他是第一个中国大官卸职则半天办完交代的手续的。

在君的个人生活和家庭生活，孟真说他"真是一位理学大儒"。在君如果死而有知，他读了这句赞语定要大生气的！

他幼年时代也曾读过宋明理学书，但他早年出洋以后，最得力的是达尔文、赫胥黎一流科学家的实事求是的精神训练。

他自己曾说：科学……是教育同修养最好的工具。因为天天求理，时时想破除成见，不但使学科学的人有求真理的能力，而且有爱真理的诚心。无论遇见什么事，都能平心静气去分析研究，从复杂中求单简，从紊乱中求秩序；拿论理来训练他的意想，而意想力愈增；用经验来指示他的直觉，而直觉力愈活。了然于宇宙生物心理种种的关系，才能够真知道生活的乐趣，这种活泼泼地心境，只有拿望远镜仰察过天空的虚漠，用显微镜俯视过生物的幽微的人，方能参领的透彻，又岂是枯坐谈禅妄言玄理的人所能梦见？（《努力》第四十九期，《玄学与科学》）

这一段很美的文字，最可以代表在君理想中的科学训练的人生观。他最不相信中国有所谓“精神文明”，更不佩服张君劢先生说的“自孔孟以至宋元明之理学家侧重内生活之修养，其结果为精神文明”。民国十二年四月中在君发起“科学与玄学”的论战，他的动机其实只是要打倒那时候“中外合璧式的玄学”之下的精神文明论。他曾套顾亭林的话来骂当日一班玄学崇拜者：今之君子，欲速成以名于世，语之以科学，则不愿学，语之以柏格森、杜里舒之玄学，则欣然矣，以其袭而取之易也。(同上)

这一场的论战现在早已被人们忘记，因为柏格森、杜里舒的玄学又早已被一批更时髦的新玄学“取而代之”了。然而我们在十三四年后回想那一场论战的发难者，他终身为科学戮力，终身奉行他的科学的人生观，运用理智为人类求真理，充满着热心为多数谋福，最后在寻求知识的工作途中，歌唱着“为语麻姑桥下水，出山要比在山清”，悠然的死了——这样一个人，不是东方的内心修养的理学所能产生的。

丁在君一生最被人误会的是他在民国十五年的政治生活。孟真在他的长文里，叙述他在淞沪总办任内的功绩，立论最公平。他那时期的文电，现在都还保存在一个好朋友的家里，将来作他传记的人（孟真和我都有这种野心）必定可以有详细公道的记载给世人看，我们此时可以不谈。

我现在要指出的，只是在君的政治兴趣。十年前，他常说："我家里没有活过五十岁的，我现在快四十岁了，应该趁早替国家做点事。"这是他的科学迷信，我们常常笑他。其实他对政治是素来有极深的兴趣的。他是一个有干才的人，绝不像我们书生放下了笔杆就无事可办，所以他很自信有替国家做事的能力。

他在民国十二年有一篇《少数人的责任》的讲演（《努力》第六十七期），最可以表示他对于政治的自信力和负责任的态度。他开篇就说：我们中国政治的混乱，不是因为国民程度幼稚，不是因为政客官僚腐败，不是因为武人军阀专横；是因为"少数人"没有责任心，而且没有负责任的能力。

他很大胆的说：中年以上的人，不久是要死的；来替代他们的青年，所受的教育，所处的境遇，都是同从前不同的。只要有几个人，有不折不回的决心，拔山蹈海的勇气，不但有知识而且有能力，不但有道德而且要做事业，风气一开，精神就要一变。

他又说：只要有少数里面的少数，优秀里面的优秀，不肯束手待毙，天下事不怕没有办法的……最可怕的是一种有知识有道德的人不肯向政治上去努力。

他又告诉我们四条下手的方法，其中第四条最可注意。他说：要认定了政治是我们唯一的目的，改良政治是我们唯一的义务。不要再上人家当，说改良政治要从实业教育着手。

这是在君的政治信念。他相信，政治不良，一切实业教育都办不好。所以他要我们少数人挑起改良政治的担子来。

然而在君究竟是英国自由教育的产儿，他的科学训练使他不能相信一切坏的革命的方式。他曾说：我们是救火的，不是趁火打劫的。

其实他的意思是要说，我们是来救人的，不是来放火的。

照他的教育训练看来，用暴力的革命总不免是“放火”，更不免要容纳无数“趁火打劫”的人。所以他只能期待“少数里的少数，优秀里的优秀”起来担负改良政治责任，而不能提倡那放火式的大革命。

然而民国十五六年之间，放火式的革命到底来了，并且风靡了全国。在那个革命大潮流里，改良主义者的丁在君当然成了罪人了。在那个时代，在君曾对我说：“许子将说曹孟德可以做‘治世之能臣，乱世之奸雄’；我们这班人恐怕只可以做‘治世之能臣，乱世之饭桶’罢!”

这句自嘲的话，也正是在君自赞的话。他毕竟自信是“治世之能臣”。他不是革命的材料，但他所办的事，无一事不能办得顶好。他办一个地质研究班，就可以造出许多奠定地质学的台柱子；他办一个地质调查所，就能在极困难的环境之下造成一个全世界知名的科学研究中心；他做了不到一年的上海总办，就能建立起一个大上海市的政治、财政、公共卫生的现代式基础；他做了一年半的中央研究院的总干事，就把这个全国最大的科学研究机关重新建立在一个合理而持久的基础之上。他这二十多年的建设成绩是不愧负他的科学训练的。

在君的为人是最可敬爱，最可亲爱的。他的奇怪的眼光，他的虬起的德国威廉皇帝式的胡子，都使小孩子和女人见了害怕。他对不喜欢的人，总是斜着头，从眼镜的上边看他，眼睛露出白珠多，黑珠少，怪可嫌的！我曾对他说：“从前史书上说阮籍能作青白眼，我向来不懂得；自从认得了你，我方明白了‘白眼对人’是怎样一回事!”他听了大笑。其实同他熟了，我们都只觉得他是一个最和蔼慈祥的人。他自己没有儿女，所以他最喜欢小孩子，最爱同小孩子玩，有时候他伏在地上作马给他们骑。他对朋友最热心，待朋友如同自己的弟兄儿女一样。他认得我不久之后，有一次他看见我喝醉了酒，他十分不放心，不但劝我戒酒，还从《尝试集》里挑了我的几句戒酒诗，请梁任公先生写在扇子上送给我（可惜这把扇子丢了!）。十多年前，我病了两年，他说我的家庭生活太不舒适，硬逼我们搬家；他自己替我们看定了一所房子，我的夫人嫌每月八十元的房租太贵，那时我不在北京，在君和房主说妥，每月向我的夫人收七十元，他自己代我垫付十元！这样热心爱管闲事的朋友是世间很少见的。他不但这样待我，他待老辈朋友，如梁任公先生，如葛利普先生，都是这样亲切的爱护，把他们当作他最心爱的小孩子看待！

他对于青年学生，也是这样的热心：有过必规劝，有成绩则赞不绝口。民国十八年，我回到北平，第一天在一个宴会上遇见在君，他第一句话就说："你来，你来，我给你介绍赵亚曾！这是我们地质学古生物学新出的一个天才，今年得地质奖学金的!"他那时脸上的高兴快乐是使我很感动的。后来赵亚曾先生在云南被土匪打死了，在君哭了许多次，到处为他出力征募抚恤金。他自己担任亚曾的儿子的教育责任，暑假带他同去歇夏，自己督责他补功课；他南迁后，把他也带到南京转学，使他可以时常督教他。

在君是个科学家，但他很有文学天才；他写古文白话文都是很好的。他写的英文可算是中国人之中的一把高手，比许多学英国文学的人高明的多。他也爱读英法文学书；凡是罗素、威尔士、**J M Keynes** 的新著作，他都全购读。他早年喜欢写中国律诗，近年听了我的劝告，他不作律诗了，有时还作绝句小诗，也都清丽可喜。

朱经农先生的纪念文里有在君得病前一日的《衡山纪游诗》四首，其中至少有两首是很好的。他去年在莫干山做了一首骂竹子的五言诗，被林语堂先生登在《宇宙风》上，是大家知道的。

民国二十年，他在秦皇岛避暑，有一天去游北戴河，作了两首怀我的诗，其中一首云：

峰头各采山花戴，海上同看明月生。
此乐如今七寒暑，问君何日践新盟。

后来我去秦皇岛住了十天，临别时在君用元微之送白乐天的诗韵作了两首诗送我：

留君至再君休怪，十日留连别更难。
从此听涛深夜坐，海天漠漠不成欢！

逢君每觉青来眼，顾我而今白到须。
此别原知旬日事，小儿女态未能无。

这三首诗都可以表现他待朋友的情谊之厚。今年他死后，我重翻我的旧日记，重读这几首诗，真有不堪回忆之感，我也用元微之的原韵，写了这两首诗纪念他：

明知一死了百愿，无奈余哀欲绝难！
高谈看月听涛坐，从此终生无此欢！

爱惜能作青白眼，妩媚不嫌虬怒须。
捧出心肝待朋友，如此风流一代无。

这样一个朋友，这样一个人，是不会死的。他的工作，他的影响，他的流风遗韵，是永永留在许多后死的朋友的心里的。

廿五，二，九夜

知堂先生

废　名

十年以来，他写给我辈的信札，从未有一句教训的调子，未有一句情热的话，后来将今日偶然所保存者再拿起来一看，字里行间，温良恭俭，我是一旦豁然贯通之，其乐等于所学也。

林语堂先生来信问我可否写一篇《知堂先生》刊在《今人志》，我是一则以喜，一则以惧。喜者这个题目于我是亲切的，惧则正是陶渊明所云：“惧或乖谬，有亏大雅君子之德，所以战战兢兢，若履深薄云尔。”我想我写了可以当面向知堂先生请教，斯又一乐也。这是数日以前的事，一直未能下笔。前天往古槐书屋看平伯，我们谈了好些话，所谈差不多都是对于知堂先生的向往，事后我一想，油然一喜，我同平伯的意见完全是一致的，话似乎都说得有意思，我很可惜回来没有把那些谈话都记录下来，那或者比着意写一篇文章要来得中意一点也未可知。我们的归结是这么的一句，知堂先生是一个唯物论者。知堂先生是一个躬行君子。我们从知堂先生可以学得一些道理，日常生活之间我们却学不到他的那个艺术的态度。平伯以一个思索的神气说道：“中国历史上曾有像他这样气分的人没有?”我们两人都回答不了。“渐近自然”四个字大约能以形容知堂光生，然而这里一点神秘没有，他好像拿了一本自然教科书做参考。中国的圣经圣传，自古以及如今，都是以治国平天下为己任的，这以外大约没有别的事情可做，唯女子与小孩的问题，又烦恼了不少的风雅之士。我常常从知堂先生的一声不响之中，不知不觉的想起了这许多事，简直有点惶恐。我们很容易陷入流俗而不自知，我们与野蛮的距离有时很难说，而知堂先生之修身齐家，直是以自然为怀，虽欲赞叹之而不可得也。偶然读到《人间世》所载《苦茶庵小文·题魏慰晨先生家书后》有云：“为父或祖者尽瘁以教养子孙而不责其返报，但冀其历代益以聪强耳，此自然之道，亦人道之至也。”在这个祖宗罪业深重的国家，此知者之言，亦仁者之言也。

我们常不免是抒情的，知堂先生总是合礼，这个态度在以前我尚不懂得。十年以来，他写给我辈的信札，从未有一句教训的调子，未有一句情热的话，后来将今日偶然所保存者再拿起来一看，字里行间，温良恭俭，我是一旦豁然贯通之，其乐等于所学也。在事过情迁之后，私人信札有如此耐观者，此非先生之大德乎。我常记得当初在《新月杂志》读了他的《志摩纪念》一文，欢喜慨叹，此文篇末有云：“我只能写可有可无的文章，而纪念亡友又不是可以用这种文章来敷衍的，而纪念刊的收稿期又迫切了，不得已还只得写，结果还只能写出一篇可有可无的文章，这使我不得不重又叹息。”无意间流露出来的这一句叹息之声，其所表现的人生之情与礼，在我直是读了一篇寿世的文章。他同死者生平的交谊不是抒情的，而生死之前，至情乃为尽礼。知堂先生待人接物，同他平常作文的习惯，一样的令我感兴趣，他作文向来不打稿子，一遍写起来了，看一看有错字没有，便不再看，算是完卷，因为据他说起稿便不免于重抄，重抄便觉得多无是处，想修改也修改不好，不如一遍写起倒也算了。他对于自已是这样的宽容，对于自己外的一切都是这样的宽容，但这其间的威仪呢，恐怕一点也叫人感觉不到，反而感觉到他的谦虚。然而文章毕竟是天下之事，中国现代的散文，从开始以迄现在，据好些人的闲谈，知堂先生是最能耐读的了。

那天平伯曾说到“感觉”二字，大约如“冷暖自如”之感觉，因为知堂先生的心情与行事都有一个中庸之妙，这到底从哪里来的呢？平伯乃踌躇着说道：“他大约是感觉？”我想这个意思是的，知堂先生的德行，与其说是伦理的，不如说是生物的；有如鸟类之羽毛，鹄不日浴而白，乌不日黔而黑，黑也白也，都是美的，都是卫生的。然而自然无知，人类则自作聪明，人生之健全而同乎自然，非善知识者而能之欤。平伯的话令我记起两件事来，第一我记起七八年前在《语丝》上读到知堂先生的《两个鬼》这一篇文章，当时我尚不甚了然，稍后乃领会其意义，他在这篇文章的开头说：在我们的心头住着 Du Daimone，可以说是两个——鬼。我踌躇着说鬼，因为他们并不是人死所化的鬼，也不是宗教上的魔，善神与恶神，善天使与恶天使。他们或者应该说是一种神，但这似乎太尊严一点了，所以还是委屈他们一点称之曰鬼。

这两个是什么呢？其一是绅士鬼。其二是流氓鬼。据王学的朋友们说人是有什么良知的，教士说有灵魂，维持公理的学者也说凭着良心，但我觉得似乎都没有这些，有的只是那两个鬼，在那里指挥我的一切的言行。这是一种双头政治，而两个执政还是意见不甚协和的，我却像一个钟摆在这中间摇着。有时候流氓占了优势，我便跟了他去彷徨，什么大街小巷的一切隐密无不知悉，酗酒、斗殴、辱骂，都不是做不来的，我简直可以成为一个精神上的“破脚骨”。但是在我将真正撒野，如流氓之“开天堂”等的时候，绅士大抵就出来高叫“带住，着即带住！”说也奇怪，流氓平时不怕绅士，到得他将要撒野，一听绅士的吆喝，不知怎的立刻一溜烟地走了。可是他并不走远，只在弄头弄尾探望，他看绅士领了我走，学习对淑女们的谈吐与仪容，渐渐地由说漂亮话而进于摆臭架子，于是他又赶出来大骂云云……这样的说法，比起古今的道德观念来，实在是一点规矩也没有，却也未必不最近乎事理，是平伯所说的感觉，亦是时人所病的“趣味”二字也。

再记起去年我偶尔在一个电影场上看电影，系中国影片，名叫《城市之夜》，一个码头工人的女儿为得要孝顺父亲而去做舞女，我坐在电影场上，看来看去，悟到古今一切的艺术，无论高能的低能的，总而言之都是道德的，因此也就是宣传的，由中国旧戏的脸谱以至于欧洲近代所谓不道德的诗文，人生舞台上原来都是负担着道德之意识。当下我很有点闷窒，大有呼吸新鲜空气之必要。这个新鲜空气，大约就是科学的。于是我想来想去，仿佛自己回答自己，这样的艺术，一直未存在。佛家经典所提出的“业”，很可以做我的理想的艺术的对象，然而他们的说法仍是诗而不是小说，是宣传的而不是记载的，所以是道德的而不是科学的。我原是自己一时糊涂的思想，后来同知堂先生闲谈，他不知道我先有一个成见，听了我的话，他不完全的说道：“科学其实也很道德。”我听了这句话，自己的心事都丢开了，仿佛这一句平易的话说得知堂先生的道境，他说话的神气真是一点也不费力，令人可亲了。

二十三年七月

怀废名

周作人

废名自云喜静坐深思，不知何时乃忽得特殊的经验，趺坐少顷，便两手自动，作种种姿态，有如体操，不能自已，仿佛自成一套，演毕乃复能活动。

余识废名在民十以前，于今将二十年，其间可记事颇多，但细思之又空空洞洞一片，无从下笔处。废名之貌奇古，其额如螳螂，声音苍哑，初见者每不知其云何。所写文章甚妙，但此是隐居西山前后事，《莫须有先生传》与《桥》皆是，只是不易读耳。废名曾寄住余家，常往来如亲属，次女若干亡十年矣，今日循俗例小作法事，废名如在北平，亦必来赴，感念今昔，弥增怅触。余未能如废名之悟道，写此小文，他日如能觅路寄予一读，恐或未必印可也。

以上是民国二十六年十一月末所写，题曰《怀废名》，但是留得底稿在，终于未曾抄了寄去。于今又已过了五年了，想起要写一篇同名的文章，极自然的便把旧文抄上，预备拿来做个引子，可是重读了一遍之后，觉得可说的话大都也就有了，不过或者稍为简略一点，现在所能做的只是加以补充，也可以说是作笺注罢了。关于认识废名的年代，当然是在他进了北京大学之后，推算起来应当是民国十一年考进预科，两年后升入本科，中间休学一年，至民国十八年才毕业。但是在他来北京之前，我早已接到他的几封信，其时当然只是简单的叫冯文炳，在武昌当小学教师，现在原情存在故纸堆中，日记查找也很费事，所以时日难以确知，不过推想起来这大概总是在民九民十之交吧，距今已是二十年以上了。废名眉棱骨奇高，是最特别处。在《莫须有先生传》第四章中房东太太说，莫须有先生，你的脖子上怎么那么多的伤痕？这是他自己讲到的一点，此盖由于瘰疬，其声音之低哑或者也是这个缘故吧。

废名最初写小说，登在胡适之的《努力周报》上，后来结集为《竹林的故事》，为新潮社文艺丛书之一。这《竹林的故事》现在没有了，无从查考年月，但我的序文抄存在《谈龙集》里，其时为民国十四年九月，中间说及一年多前答应他做序，所以至迟这也就是民国十二年的事吧。废名在北京大学进的是英文学系，民国十六年张大元帅入京，改办京师大学校，废名失学一年余，及北大恢复乃复入学。废名当初不知是住公寓还是寄宿舍，总之在那失学的时代也就失所寄托，有一天写信来说，近日几乎没得吃了。恰好章矛尘夫妇已经避难南下，两间小屋正空着，便招废名来住。后来在西门外一个私立中学走教国文，大约有半年之久，移住西山正黄旗村里，至北大开学再回城内。这一期间的经验与他的写作很有影响，村居，读莎士比亚，我所推荐的《吉诃德先生》，李义山诗，这都是构成《莫须有先生传》的分子。从西山下来的时候，也还寄住在我们家里，以后不知是哪一年，他从故乡把妻女接了出来，在地安门里租屋居住，其时在北京大学国文学系做讲师，生活很是安定，到了民国二十五六年，不知怎的忽然又将夫人和子女打发回去，自己一个人住在雍和宫的喇嘛庙里。当然大家觉得他大可不必，及至沪沟桥事件发生，又很羡慕他，虽然他未必真有先知。废名于那年的冬天南归，因为故乡是拉锯之地，不能在大南门的老屋里安住，但在附近一带托迹，所以时常还可彼此通信，后来渐渐消息不通，但是我总相信他仍是在那一个小村庄里隐居，教小学生念书，只是多“静坐沉思”，未必再写小说了吧。

翻阅旧日稿本，上边抄存两封给废名的信，这可以算是极偶然的事，现在却正好利用，重录于下。其一云：“石民君有信寄在寒斋，转寄或恐失落，信封又颇大，故拟暂图存，俟见面时交奉。星期日林公未来，想已南下矣。旧日友人各自上飘游之途，回想《明珠》时代，深有今昔之感。自知如能将此种怅惘除去，可以近道，但一面也不无珍惜之意：觉得有此怅惘，故对于人间世未能恕置，此虽亦是一种苦，目下却尚不忍即舍去也。匆匆。九月十五日。”时为民国二十六年，其时废名盖尚在雍和宫。

这里提及《明珠》，顺便想说明一下。废名的文艺的活动大抵可以分几个段落来说。（甲）是《努力周报》时代，其成绩可以《竹林的故事》为代表。（乙）是《语丝》时代，以《桥》为代表。（丙）是《骆驼草》时代，以《莫须有先生》为代表。以上都是小说。（丁）是《人间世》时代，以《读论语》这一类文章为主。（戊）是《明珠》时代，所作都是短文。那时是民国二十五年冬天，大家深感到新的启蒙运动之必要，想再来办一个小刊物，恰巧《世界日报》的副刊《明珠》要改编，便接受了来，由林庚编辑，平伯、废名和我帮助写稿，虽然不知道读者觉得如何，在写的人则以为是颇有意义的事。但是报馆感觉得不大经济，于二十六年元旦又断行改组，所以林庚主编的《明珠》只办了三个月，共出了九十二号，其中废名写了很不少，十月九篇，十一二月各五篇，里边颇有些好文章好意思。例如十月份的《三竿两竿》，《陶渊明爱树》，《陈亢》，十一月份的《中国文章》，《孔门之文》，我都觉得很好。《三竿两竿》起首云："中国文章，以六朝人文章为最不可及。"

《中国文章》也劈头就说道，"中国文章里简直没有厌世派的文章，这是很可惜的事。"后边又说，"我尝想，中国后来如果不是受了一点佛教影响，文艺里的空气恐怕更陈腐，文章里恐怕更要损失好些好看的字面。"这些话虽然说的太简单，但意思极正确，是经过好多经验思索而得的，里边有其颠扑不破的地方。废名在北大读莎士比亚，读哈代，转过来读本国的杜甫，李商隐，《诗经》，《论语》，《老子》，《庄子》，渐及佛经，在这一时期我觉得他的思想最是圆满，只可惜不曾更多所述著，这以后似乎更转入神秘不可解的一路去了。

我的第二封信已在废名走后的次年，时为民国二十七年三月，其文云：

"偶写小文，录出呈览。此可题日《读大学中庸》，题目甚正经，宜为世所喜，惜内容稍差，盖太老实而平凡耳。椎亦正以此故，可以抄给朋友们一看，虽是在家入亦不打诳语，此鄙人所得之一点滴的道也。日前寄一二信，想已达耶，匆匆不多赘。三月六日晨，知堂白。"所云前寄一二信悉未存底，唯《读大学中庸》一文系三月五日所写，则抄在此信稿的前面，今亦抄录于后：

近日想看《礼记》，因取郝兰皋笺本读之，取其简洁明了也。读《大学》《中庸》各一过，乃不觉惊异。文句甚顺口，而意义皆如初会面，一也。意义还是很难懂，懂得的地方也只是些格言，二也。《中庸》简直多是玄学，不佞盖犹未能全了物理，何况物理后学乎。《大学》稍可解，却亦无甚用处，平常人看看想要得点受用，不如《论语》多多矣。不知道世间何以如彼珍重，殊可惊诧，此其三也。从前书房里念书，真亏得小孩们记得住这些。不佞读《下中》时是十二岁了，愚钝可想，却也背诵过来，反覆思之，所以能成诵者，岂不正以其不可解故那。”此文也就只是《明珠》式的一种感想小篇，别无深义，寄去后也不记得废名覆信云何，只在笔记一叶之末录有三月十四日黄梅发信中数语云：

“学生在乡下常无书可读，写字乃借改男的笔砚，乃近来常觉得自己有学问，斯则奇也。”寥寥的几句话，却很可看出他特殊的谦逊与自信。废名常同我们谈莎士比亚，庾信，杜甫，李义山，《桥》下篇第十八章中有云：

“今天的花实在很灿烂，——李义山咏牡丹诗有两句我很喜欢，我是梦中传彩笔，欲书花叶寄朝云。你想，红花绿叶，其实在夜里都布置好了，——朝云一刹那见。”此可为一例。随后他又谈《论语》，《庄子》，以及佛经，特别是佩服涅槃经，不过讲到这里，我是不懂玄学的，所以就觉得不大能懂，不能有所评述了。废名南归后曾寄示所写小文一二篇，均颇有佳处，可惜一时找不出，也有很长的信讲到所谓道，我觉得不能赞一辞，所以回信中只说些别的事情，关于道字了不提及，废名见了大为失望，于致平伯信中微露其意，但即是平伯亦未敢率尔与之论道也。

关于废名的这一方面的逸事，可以略记一二。废名平常颇佩服其同乡熊十力翁，常与谈论儒道异同等事，等到他着手读佛书以后，却与专门学佛的熊翁意见不合，而且多有不满之意。有余君与熊翁同住在二道桥，曾告诉我说，一日废名与熊翁论僧肇，大声争论，忽而静止，则二人已扭打在一处，旋见废名气哄哄的走出，但至次日，乃见废名又来，与熊翁在讨论别的问题矣。余君云系亲见，故当无错误。废名自云喜静坐深思，不知何时乃忽得特殊的经验，趺坐少顷，便两手自动，作种种姿态，有如体操，不能自已，仿佛自成一套，演毕乃复能活动。鄙人少信，颇疑是一种自己催眠，而废名则不以为然。其中学同窗有力僧者，甚加赞叹，以为道行之果，自己坐禅修道若干年，尚未能至，而废名偶尔得之，可为幸矣。废名虽不深信，然似亦不尽以为妄。假如是这样，那么这道便是于佛教之上又加了老庄以外的道教分子，于不佞更是不可解，照我个人的意见说来，废名谈中国文章与思想确有其好处，若舍而谈道，殊为可惜。废名曾撰联语见赠云，微言欣其知之为海，道心恻于人不胜天。今日找出来抄录于沈，泼名所赞虫是过量，倡他实在冕知贫我铭意思之一人，现在想起来，不但有今昔之感，亦觉得至可怀念也。

三十二年三月十五日，记于北京

志摩纪念

周作人

我们回想自己最深密的经验，如恋爱和死生之至欢极悲，自己以外只有天知道，何曾能够于金石竹帛上留下一丝痕迹，即使呻吟作苦，勉强写下一联半节，也只是普通的哀辞和定情诗之流，哪里道得出一份苦甘，只看汗牛充栋的集子里多是这样物事，可知除圣人天才之外谁都难逃此难。

面前书桌上放着九册新旧的书，这都是志摩的创作，有诗，文，小说，戏剧，——有些是旧有的。有些给小孩们拿去看丢了，重新买来的，《猛虎集》是全新的，衬页上写了这几行字：“志摩飞往南京的前一天，在景山东大街遇见，他说还没有送你《猛虎集》，今天从志摩的追悼会出来，在景山书社买得此书。”

志摩死了，现在展对遗书，就只感到古人的人琴俱亡这一句话，别的没有什么可说。志摩死了，这样精妙的文章再也没有人能做了，但是，这几册书遗留在世间，志摩在文学上的功绩也仍长久存在。中国新诗已有十五六年的历史，可是大家都不大努力，更缺少锲而不舍地继续努力的人，在这中间志摩要算是唯一的忠实同志，他前后苦心地创办诗刊，助成新诗的生长，这个劳绩是很可纪念的，他自己又孜孜地从事于创作，自《志摩的诗》以至《猛虎集》，进步很是显然，便是像我这样外行也觉得这是显然。散文方面志摩的成就也并不小，据我个人的愚见，中国散文中现有几派，适之仲甫一派的文章清新明白，长于说理讲学，好像西瓜之有口皆甜，平伯废名一派涩如青果，志摩可以与冰心女士归在一派，仿佛是鸭儿梨的样子，流丽轻脆，在白话的基本上加入古文方言欧化种种成分，使引车卖浆之徒的话进而为一种富有表现力的文章，这就是单从文体变迁上讲也是很大的一个贡献了。志摩的诗，文，以及小说戏剧在新文学上的位置与价值，将来自有公正的文学史家会来精查公布，我这里只是笼统地回顾一下，觉得他半生的成绩已经很够不朽，而在这壮年，尤其是在这艺术地“复活”的时期中途凋丧，更是中国文学的一大损失了。

但是，我们对于志摩之死所更觉得可惜的是人的损失。文学的损失是公的，公摊了时个人所受到的只是一份，人的损失却是私的，就是分担也总是人数不会大多而分量也就较重了。照交情来讲，我与志摩不算顶深，过从不密切，所以留在记忆上想起来时可以引动悲酸的情感的材料也不很多，但即使如此我对于志摩的人的悼惜也并不少。的确如适之所说，志摩这人很可爱，他有他的主张，有他的派路，或者也许有他的小毛病，但是他的态度和说话总是和蔼真率，令人觉得可亲近，凡是见过志摩几面的人，差不多都受到这种感化，引起一种好感，就是有些小毛病小缺点也好像脸上某处的一颗小黑痣，他是造成好感的一小小部分，只令人微笑点头，并没有嫌憎之感。有人戏称志摩为诗哲，或者笑他的戴印度帽，实在这些戏弄里都仍含有好意的成分，有如老同窗要举发从前吃戒尺的逸事，就是有派别的作家加以攻击，我相信这所以招致如此怨恨者也只是志摩的阶级之故，而决不是他的个人。

适之又说志摩是诚实的理想主义者，这个我也同意，而且觉得志摩因此更是可尊了。这个年头儿，别的什么都有，只是诚实却早已找不到，便是爪哇国里恐怕也不会有了罢，志摩却还保守着他天真烂漫的诚实，可以说是世所希有的奇人了。我们平常看书看杂志报章，第一感到不舒服的是那伟大的说诳，上自国家大事，下至社会琐闻，不是恬然地颠倒黑白，便是无诚意地弄笔头，其实大家也各自知道是怎么一回事，自己未必相信，也未必望别人相信，只觉得非这样他说不可，知识阶级的人挑着一副担子，前面是一筐子马克思，后面一口袋尼采，也是数见不鲜的事，在这时候有一两个人能够诚实不欺地在言行上表现出来，无论这是哪一种主张，总是很值得我们的尊重的了。

关于志摩的私德，适之有代为辩明的地方，我觉得这并不成什么问题。为爱惜私人名誉起见，辩明也可以说是朋友的义务，若是从艺术方面看去这似乎无关重要。诗人文人这些人，虽然与专做好吃的包子的厨子，雕好看的石像的匠人，略有不同，但总之小德逾闲与否于其艺术没有多少关系，这是我想可以明言的。不过这也有例外，假如是文以载道派的艺术家，以教训指导我们大众自任，以先知哲人自仕的，我们在同样谦恭地接受他的艺术以前，先要切实地检察他的生活，若是言行不符，那便是假先知，须得谨防上他的当。现今中国的先知有几个禁得起这种检察的呢，这我可不得而知了。这或者是我个人的偏见亦未可知，但截至现在我还没有找到觉得更对的意见，所以对于志摩的事也就只得仍是这样地看下去了。

志摩死后已是二十几天了，我早想写小文纪念他，可是这从哪里去着笔呢？我相信写得出的文章大抵都是可有可无的，真的深切的感情只有声音，颜色，姿势，或者可以表出十分之一二，到了言语便有点儿可疑，何况又到了文字。文章的理想境界我想应该是禅，是个不立文字，以心传心的境界，有如世尊拈花，迦叶微笑，或者一声“且道”，如棒敲头，夯地一下顿然明了，才是正理，此外都不是路。我们回想自己最深密的经验，如恋爱和死生之至欢极悲，自己以外只有天知道，何曾能够于金石竹帛上留下一丝痕迹，即使呻吟作苦，勉强写下一联半节，也只是普通的哀辞和定情诗之流，哪里道得出一份苦甘，只看汗牛充栋的集子里多是这样物事，可知除圣人天才之外谁都难逃此难。

我只能写可有可无的文章，而纪念亡友又不是可以用这种文章来敷衍的，而纪念刊的收稿期限又迫切了，不得已还只得写，结果还只能写出一篇可有可无的文章，这使我不得不重又叹息。这篇小文的次序和内容差不多是套适之在追悼会所发表的演辞的，不过我的话说得很是素朴粗笨，想起志摩平素是爱说老实话的，那么我这种老实的说法或者是志摩的最好纪念亦未可知，至于别的一无足取也就没有什么关系了。

民国二十年十二月十三日，于北平。

试为蔡先生写一篇简照

蒋梦麟

先生日常性情温和，如冬日之可爱，无疾言厉色。处事接物，恬淡从容，无论遇达官贵人或引车卖浆之流，态度如一。但一遇大事，则刚强之性立见，发言作文不肯苟同。

光绪已亥年的秋天，一个秋月当空的晚上，在绍兴中西学堂的花厅里，佳宾会集，杯盘交错，似乎《兰亭修楔》和《桃园结义》在那盛会里杂演着！

忽地里有一位文质彬彬、身材短小、儒雅风流、韶华三十余的才子，在席间高举了酒杯，大声道：“康有为，梁启超，变法不彻底，哼！我！……”

大家一阵大笑，掌声如雨打芭蕉。

这位才子，是二十岁前后中了举人，接连成了进士、翰林院编修的近世的越中徐文长。酒量如海，才气磅礴。论到读书，一目十行；讲起作文，斗酒百篇。

一位年龄较长的同学对我们这样说：这是我们学校里的新监督，山阴才子蔡鹤卿先生。孑民是中年改称的号。

先生作文，非常怪僻。乡试里的文章，有这样触目的一句："夫饮食男女，人生之大欲存焉。"他就以这篇文章中了举人。有一位浙中科举出身的老前辈，曾经把这篇文章的一大段背给我听过，可惜我只记得这一句了。

记得我第一次受先生的课，是反切学。帮、旁、茫，当、汤、堂、囊之类，先生说：你们读书先要识字，这是查字典应该知道的反切。

二三十年后先生在北京大学校长任内，学生因为不肯交讲义费，聚了几百人，要求免费，其势汹汹。先生坚执校纪，不肯通融，秩序大乱。先生在红楼门口挥拳作势，怒目大声道："我跟你们决斗。"包围先生的学生们纷纷后退。

先生日常性情温和，如冬日之可爱，无疾言厉色。处事接物，恬淡从容，无论遇达官贵人或引车卖浆之流，态度如一。但一遇大事，则刚强之性立见，发言作文不肯苟同。

故先生之中庸，是白刃可蹈之中庸，而非无举刺之中庸。

先生平时作文适如其人，平淡冲和。但一遇大事，则奇气立见。“杀君马者道旁儿，民亦劳止，讫可小休。”这是先生五四运动时出京后所登之启事。

先生做人之道，出于孔孟之教，一本于忠、恕两字。知忠，不与世苟同；知恕，能容人而养成宽宏大度。

先生平时与梁任公先生甚少往还。任公逝世后，先生在政治会议席上，邀我共同提案，请政府明令褒扬。此案经胡展堂先生之反对而自动撤销。

我们中国人可以说没有一个人在不知不觉间不受老子的影响的，先生亦不能例外，故先生处事，时持“水到渠成”的态度。不与人争功，不与事争时，别人性急了，先生常说“慢慢来”。

一位在科举时代极负盛名的才子，中年而成为儒家风度的学者。经德、法两国之留学，而极力提倡美育与科学。在教育部时主张以美育代宗教；主张一切学问当以科学为基础。

在中国过渡时代，以一身而兼东西两文化之长，立己立人，一本于此。到老其志不衰，至死其操不变。敬为挽曰：大德垂后世，中国一完人。

我所见的叶圣陶

朱自清

他从前晚饭时总喝点酒，“以半醺为度”；近来不大能喝酒了，却学了吹笛——前些日子说已会一出《八阳》，现在该又会了别的了吧。

我第一次与圣陶见面是在民国十年的秋天。那时刘延陵兄介绍我到吴淞炮台湾中国公学教书。到了那边，他就和我说："叶圣陶也在这儿。"我们都念过圣陶的小说，所以他这样告我。我好奇地问道："怎样一个人?"出乎我的意外，他回答我："一位老先生哩。"但是延陵和我去访问圣陶的时候，我觉得他的年纪并不老，只那朴实的服色和沉默的风度与我们平日所想象的苏州少年文人叶圣陶不甚符合罢了。

记得见面的那一天是一个阴天。我见了生人照例说不出话；圣陶似乎也如此。我们只谈了几句关于作品的泛泛的意见，便告辞了。延陵告诉我每星期六圣陶总回甪直去；他很爱他的家。他在校时常邀延陵出去散步，我因与他不熟，只独自坐在屋里。不久，中国公学忽然起了风潮。我向延陵说起一个强硬的办法——实在是一个笨而无聊的办法！——我说只怕叶圣陶未必赞成。但是出乎我的意外，他居然赞成了！后来细想他许是有意优容我们吧；这真是老大哥的态度呢。我们的办法天然是失败了，风潮延宕下去；于是大家都住到上海来。我和圣陶差不多天天见面；同时又认识了西谛、予同诸兄。这样经过了一个月；这一个月实在是我的很好的日子。

我看出圣陶始终是个寡言的人。大家聚谈的时候，他总是坐在那里听着。他却并不是喜欢孤独，他似乎老是那么有味地听着。至于与人独对的时候，自然多少要说些话；但辩论是不来的。他觉得辩论要开始了，往往微笑着说“这个弄不大清楚了”，这样就过去了。他又是个极和易的人，轻易看不见他的怒色。他辛辛苦苦保存着的《晨报》副张，上面有他自己的文字的，特地从家里捎来给我看；让我随便放在一个书架上，给散失了。当他和我同时发见这件事时，他只略露惋惜的颜色，随即说：“由他去末哉，由他去末哉！”我是至今惭愧着，因为我知道他作文是不留稿的。他的和易出于天性，并非阅历世故，矫揉造作而成。

他对于世间妥协的精神是极厌恨的。在这一月中，我看见他发过一次怒——始终我只看见他发过这一次怒——那便是对于风潮的妥协论者的蔑视。

风潮结束了，我到杭州教书。那边学校当局要我约圣陶去。圣陶来信说：“我们要痛痛快快游西湖，不管这是冬天。”他来了，教我上车站去接。我知道他到了车站这一类地方，是会觉得寂寞的。他的家实在太好了，他的衣着，一向都是家里管。我常想，他好像一个小孩子；像小孩子的天真，也像小孩子的离不开家里人。必须离开家里人时，他也得找些熟朋友伴着；孤独在他简直是有些可怕的。所以他到校时，本来是独住一屋的，却愿意将那间屋做我们两人的卧室，而将我那间做书室。这样可以常常相伴；我自然也乐意。我们不时到西湖边去；有时下湖，有时只喝喝酒。在校时各据一桌，我只预备功课，他却老是写小说和童话。初到时，学校当局来看过他。第二天，我问他：“要不要去看看他们?”他皱眉道：“一定要去么？等一天罢。”后来始终没有去。他是最反对形式主义的。

那时他小说的材料，是旧日的储积；童话的材料有时却是片刻的感兴。如《稻草人》中《大喉咙》一篇便是。那天早上，我们都醒在床上，听见工厂的气笛，他便说：“今天又有一篇了，我已经想好了，来的真快呵。”那篇的艺术很巧，谁想他只是片刻的构思呢！他写文字时，往往拈笔伸纸，便手不停挥地写下去；开始及中间，停笔踌躇时绝少。他的稿子极清楚，每页至多只有三五个涂改的字。他说他从来是这样的。每篇写毕，我自然先睹为快；他往往称述结尾的适宜，他说对于结尾是有些把握的。看完，他立即封寄《小说月报》；照例用平信寄。我总劝他挂号；但他说："我老是这样的。"他在杭州不过两个月，写的真不少，教人羡慕不已。《火灾》里从《饭》起到《风潮》这七篇还有《稻草人》中一部分，都是那时我亲眼看他写的。

在杭州待了两个月，放寒假前，他便匆匆地回去了；他实在离不开家，临去时让我告诉学校当局，无论如何不回来了。但他却到北平住了半年，也是朋友拉去的。我前些日子偶翻十一年的《晨报副刊》，看见他那时途中思家的小诗，重念了两遍，觉得怪有意思。北平回去不久，便入了商务印书馆编译部，家也搬到上海。从此在上海待下去，直到现在——中间又被朋友拉到福州一次，有一篇《将离》抒写那回的别恨，是缠绵悱恻的文字。这些日子，我在浙江乱跑，有时到上海小住，他常请了假和我各处玩儿或喝酒。有一回，我便住在他家，但我到上海，总爱出门，因此他老说没有能畅谈；他写信给我，老说这回来要畅谈几天才行。

十六年一月，我接着北来，路过上海，许多熟朋友和我饯行，圣陶也在。那晚我们痛快地喝酒，发议论；他是照例地默着。酒喝完了，又去乱走，他也跟着。到了一处，朋友们和他开了个小玩笑；他脸上略露窘意，但仍微笑地默着。圣陶不是个浪漫的人；在一种意义上，他正是延陵所说的“老先生”。但他能了解别人，能谅解别人，他自己也能“作达”，所以仍然——也许格外——是可亲的。那晚快夜半了，走过爱多亚路，他向我诵周美成的词：“酒已都醒，如何消夜永！”我没有说什么；那时的心情，大约也不能说什么的。我们到一品香又消磨了半夜。这一回特别对不起圣陶；他是不能少睡觉的人。他家虽住在上海，而起居还依着乡居的日子；早七点起，晚九点睡。有一回我九点十分去，他家已熄了灯，关好门了。这种自然的，有秩序的生活是对的。那晚上伯祥说：“圣兄明天要不舒服了。”想起来真是不知要怎样感谢才好。

第二天我便上船走了，一眨眼三年半，没有上南方去。信也很少，却全是我的懒。我只能从圣陶的小说里看出他心境的迁变；这个我要留在另一文中说。圣陶这几年里似乎到十字街头走过一趟，但现在怎么样呢？我却不甚了然。他从前晚饭时总喝点酒，“以半醺为度”；近来不大能喝酒了，却学了吹笛——前些日子说已会一出《八阳》，现在该又会了别的了吧。他本来喜欢看看电影，现在又喜欢听听昆曲了。但这些都不是“厌世”，如或人所说的，圣陶是不会厌世的，我知道。又，他虽会喝酒，加上吹笛，却不会抽什么“上等的纸烟”，也不曾住过什么“小小别墅”，如或人所想的，这个我也知道。

一九三〇年七月

怀念陈寅恪先生

俞大维

他说，周礼是一部记载法令典章最完备的书，不论其真伪，则不可不研读。他尤其佩服孙诒让的周礼正义一书。

我与陈寅恪先生，在美国哈佛大学、德国柏林大学连续同学七年。寅恪先生的母亲是我唯一嫡亲的姑母；寅恪先生的胞妹是我的内人。他的父亲陈三立（散原）先生是晚清有名的诗人；他的祖父陈宝箴（右铭）先生是戊戌湖南维新时期的巡抚。右铭先生有才气，有文名，在江西修水佐其父办团练时，即为曾国藩先生所器重，数次邀请加入他的幕府，并送右铭先生一付对联，以表仰慕。上联寅恪先生不复记忆，下联为："半杯旨酒待君温"，其推重右铭先生如此。曾文正公又有与陈宝箴太守论文书，此文收入王先谦的续古文辞类纂中。我的母亲是文正公的孙女，我的伯父俞明震（恪士）先生、舅父曾广钧（重伯）先生（均是前清翰林），与陈氏父子祖孙皆是好友。本人与寅恪先生可说是两代姻亲，三代世交，七年同学。

读书须先识字

现在我略谈寅恪先生治学的方法和经过。寅恪先生由他念书起，到他第一次由德、法留学回国止；在这段时间内，他除研究一般欧洲文字以外，关于国学方面，他常说：“读书须先识字。”因是他幼年对于说文与高邮王氏父子训诂之学，曾用过一番苦功。到了中、晚年，对他早年的观念，稍有修正。主要原因，是受了两位大学者的影响。一是瑞典汉学大家高本汉先生。高氏对古人入声字的说法，与假借字的用法，给他极大的影响。二是海宁王国维先生。王氏对寅恪先生的影响，是相得益彰的；对於殷墟文字，他受王氏的影响；对梵文及西域文字，则王氏也受他的影响。

在史中求史识

在讲寅恪先生治国学以前，我们先要了解他研究国学的重点及目的。他研究的重点是历史。目的是在历史中寻求历史的教训。他常说：“在史中求史识。”因是中国历代兴亡的原因，中国与边疆民族的关系，历代典章制度的嬗变，社会风俗、国计民生，与一般经济变动的互为因果，及中国的文化能存在这么久远，原因何在？这些都是他研究的题目。此外，对於所谓玄学，寅恪先生的兴趣则甚为淡薄。

严谨而不偏狭

我们对传统的典籍，大致分为经、史、子、集四部。我们先讲他对经的看法。他说：无论你的爱憎好恶如何，诗经、尚书是我们先民智慧的结晶，乃人人必读之书。关於尚书今古文之辨，他认为古文尚书，绝非一人可杜撰，大致是根据秦火之后，所传零星断简的典籍，采取有关尚书部份所编纂而成，所以我们要探索伪书的来源，研究其所用资料的可靠性，方能慎下结论；不可武断的说它是全部杜撰的。由此我们可以得见寅恪先生，虽是严谨的小学家，却不是偏狭的汉学家。

寅恪先生对於玄学，兴趣淡薄，上面已经说过。他甚恶抽象空洞的理论，本人从未听见他提及易经中的玄学。

再讲春秋，寅恪先生虽不如王荆公之讥讽春秋为“断烂朝报”，但他除认为左傅为优美的文学外，对公羊三科九旨之说很少兴趣。对穀梁除范序外，我也未尝听他提起过。

关於尔雅，他归於说文一类。对孝经，他认为是一部好书，但篇幅太小，至多只抵得过礼记中的一篇而已。

他很注意三礼，对於周礼，他虽同意一般人的看法，认为不是周公所作，然亦不可能为一人所杜撰。而周礼中用了许多古字，要说刘歆伪撰碑文，到处埋藏，则甚为可笑。

他说，周礼是 部记载法令典章最完备的书，不论其真伪，则不可不研读。他尤其佩服孙诒让的周礼正义一书。

关於仪礼，寅恪先生认为“礼”与“法”为稳定社会的因素。礼法虽随时俗而变更，至於礼之根本，则终不可废。他常提起“礼教”思想在唐律疏议中的地位；他说这些是人人应该重视的。

寅恪先生对於礼记的看法：他说礼记是儒家杂凑之书，但包含儒家最精辟的理论。除了解释仪礼及杂论部分以外，其他所谓通论者，如：大学、中庸、礼运、经解、乐记、坊记等等，不但在中国；就是在世界上，也是最精彩的作品。我们不但须看书，且须要背诵。

次讲四书。大学与中庸，原是礼记中的两篇，不再重述。他说，论语的重要性在论“仁”，此书为儒门弟子所编纂，而非孔子亲撰有系统的一部哲学论文。故大哲学家黑格尔看了论语的拉丁文译本后，误认是一部很普通的书，尚不如 Cicero 的 De officiis。至於孟子一书，寅恪先生喜欢他的文章。但孟子提到典章制度的部份，及有关历史的议论，他认为多不可靠。孟子云："仲尼之徒，无道桓文之事者，是以后世无传焉。"即其一例。

我们这一代的普通念书的人，不过能背诵四书、诗经、左传等书。寅恪先生则不然，他对十三经不但大部分能背诵，而且对每字必求正解。因此皇清经解及续皇清经解，成了他经常看读的书。

特别注重志书

"国史"乃寅恪先生一生治学研究的重心。对於史，他无书不读，与一般人看法不同处，是他特别注重各史中的志书。如史记的天官书、货殖列传、汉书艺文志、晋书天文志、晋书刑法志、隋书天文志、隋书经籍志、新唐书地理志等等。关於各种会要，他也甚为重视，尤其重视五代会要等。他也重视三通，三通序文，他都能背诵。其他杂史，他看得很多，这里恕不一一叙述了。寅恪先生特别注重史实，前已说过，因此他很钦佩刘知几与章实斋。他尤其推崇司马温公通鉴的见解，读过他隋唐政治史述论稿者，都能看到这一点。本人认为寅恪先生的史识，超过前人，此所谓“后来居上”者是也。

喜欢庄子荀子

因寅恪先生不喜欢玄学，在子书方面除有关典章制度者外，他很少提及。但他很喜欢庄子的文章，也很重视荀子，认为荀子是儒门的正统。这可能是他受了汪中的影响。他偶然也提到子书中较“僻”的几章，例如：抱朴子的诘鲍篇，列子（可视为一部伪书）的汤问篇等等。至於其他中国一般学者所推崇的书，如论衡之类，他似乎并不很重视。

诗推崇白香山

其次讲到集部，集部浩如烟海，博览实难。但是凡集部之书，包含典章制度者，他都特别加以注意。关於文学和诗词。寅恪先生对文，最推崇欧阳文忠公、韩文公、王荆公、归震川、姚姬传、曾文正公诸大家。他推崇曾文而认为姚文为叙事条理有余，而气魄不够，本人当时亦有同感。袁子才早年评方苞文与王渔洋诗，有“一代正宗才力薄，望溪文集阮亭诗”之句。如曾文正撰罗忠节公神道碑铭有“矫矫学徒，相从征讨；朝出鏖兵，暮归讲道。”如此类雄奇瑰玮之句，实非所谓一般桐城派文章中可得常见也。

诗，寅恪先生佩服陶杜，他虽好李白及李义山诗，但不认为是上品。如果寅恪先生重写“诗品”，太白与义山诗，恐怕将列为二等了。他特别喜好平民化的诗，故最推崇白香山。所以在他“论再生缘”中有“论诗我亦弹词体”之句。关于词，除几首宋人词外，清代词人中，他常提到龚自珍（定庵）、朱祖谋（古微）及王国维三先生。我们可以说，词不是他特别的嗜好。他所作的诗不多，但都很精美。他吊王国维的一首长诗，流传海内，为一般雅人达士所爱好，也是我们这一代最好的诗篇之一。

学梵文研佛经

现在我们讲寅恪先生在国学范围以外的学问，寅恪先生在美国哈佛大学，随 Lanman 学习梵文与巴利文二年，在德国柏林大学随 Lueders 学习梵文及巴利文近五年。回国后，在北平，他又与钢和泰（Baron A. Stael Von. Holstein）继续研究梵文四五年。前后共十余年，故他的梵文和巴利文都特精。但他的兴趣是研究佛教对我国一般影响，至于印度的因明学及辩证学，他的兴趣就比较淡薄了。本人还记得在抗战胜利后他回清华，路过南京，曾在我家小住。我曾将 Stcherbatsky 所著书内关于法称 Dharmakirti 的因明学之部及 Tucci 由藏文所译龙树廻诤论（梵文本现已发现）念给他听，他都不特别感觉兴趣。

寅恪先生又常说，他研究中西一般的关系，尤其於文化的交流、佛学的传播、及中亚的史地，他深受西洋学者的影响，例如法国 P. Pelliot （伯希和）、德国的 F. W. K. Muelle、俄国的 W. Barthhold，及其他国学者。然他究因国学基础深厚，国史精熟，又知择善而从，故其见解，每为一般国内外学人所推重。

精通各种文字

其他边疆及西域文字，寅恪先生在中国学人中是首屈一指的。除梵文外，他曾学过蒙文、藏文、满文、波斯文及土耳其文。文字是研究史学的工具；兹以元史为例，略作说明。大家都知道我国旧有元史是仓促修成，不实不尽的地方很多，为后来学者所诟病。因此有志重修元史的学者，先後辈出，约而论之，可分为三个段落。

第一代，是元秘史与圣武亲征录的发现。圣武亲征录的佳本，见於说郛，只有漢文本。元秘史有汉文本与蒙文译音本。可是这一代的元史学者，功力虽勤，都不能直接读蒙古文。代表此时期的名家，为：钱大昕、何秋涛、李文田、张穆、魏源等。李文田曾把“纽察·脱察安”（即是“机密的历史”）误认是两位作者，即因不通蒙文的缘故。

第二代，利用欧洲译文，补正元代史实。洪钧所著元史译文证补，堪称这一时期的代表作。陆润庠在序文中说：“证者，证史所误；补者，补史所缺。”立论精当，耳目一新。但是洪文卿氏仍不懂西域的文字，所用的材料，仍仅是间接的翻译，而非直接采自各家的原文。屠敬山的蒙兀儿史记与柯凤荪的新元史也都属於此时期的作品。王国维先生为我们这一代第一流学者，其考据之精，可与乾嘉大师并美，即关於蒙古史著作亦极精确。惟王氏只通日文，故其关於元代著作，或是利用我国原有资料互校，或利用日人转译欧洲学者著述，未能用直接史料也。惟王氏启后承先，厥功甚伟。第三期学者之来临，未始不受王氏启示的影响。

第三代，在此时期，我国学者开始研治西北及中亚文字，期可阅读关於蒙古史的直接资料；然终因种种原因，未能写成一部新的蒙古史。代表此时期者即为陈寅恪先生。有关系的文字他都懂，工具完备；可惜他生於“齐州之乱何时歇，吾侪今朝皆苟活”的时候。他既无安定的生活，又无足够的时间，未能完成他的心愿，留给我们一部他的新蒙古史，只仓促写成唐代政治史述论稿及隋唐制度渊源略论稿，在他看来不过是整个国史研究的一部分而已。他平生的志愿是写成一部“中国通史”，及“中国历史的教训”，如上所说，在史中求史识。因他晚年环境的遭遇，与双目失明，他的大作“MagnumOpus”未能完成，此不但是他个人的悲剧，也是我们这个时代的悲剧。(按：姚从吾先生与札奇斯钦先生共同译注蒙古秘史亦属此期。)蒙古史原始资料以 Rashid adin 著述为最重要，惜今尚无中文译本，盼我国学者早日将其译出，以供我国治元史者参考。

缅怀一代大儒

寅恪大人名唐篔，是甲午年台湾巡抚唐景崧的孙女。(据俞大纲教授生前表示，孙女可能是侄孙女。)寅恪先生有三女，长女、次女在金陵中学念书时，住在我家，由她们的姑母抚养，毕业后考入清华大学。现陈夫人及三个女儿究在何处，无从探悉，即寅恪先生去世的消息，在香港曾传过数次，前几次均为误传，此次亦尚未证实。真是“欲祭疑君在，天涯哭此时。”惟寅恪先生现已年逾八十，以久病之身，处今日之世，溘然长逝，自属可能。惟今后“汉世之事，谁与正之乎？”我在美时，即有写下寅恪先生谈话的志愿，并拟仿裴松之注三国志例，加以注释。现时历四纪，我又已年逾七十，这点心愿亦恐不能实现矣！我与寅恪先生情属至亲，谊兼师友，缅怀此一代大儒，不禁涕泗滂沱！

寅恪先生，生於前清庚寅年六月，我生於丁酉年十二月，相差七岁有余。除在美德同学七年朝夕相处外，上边所述他一生的经过，自不免尚有遗漏，或有不实不尽之处。深盼他的友人与在清华研究院、香港大学、岭南大学的学生有所补正。唯追述他当年治学一般的观念，想大致不差也。

五十九年三月

丰子恺和他的小品文

赵景深

他觉得人世是无常的，短暂的；所以人一天天走近死亡国而毫未觉得者，只是由于把生活岁月精细的划分，年分为日，日分为时，时分为分，分分为秒，便觉得生活是一条无穷而且有趣的路了。

好几年不曾看见子恺了，偶然看见《人间世》和《良友》上的他的照片，不禁为之莞然；他竟留了很长的胡子，像一个庄严而又和蔼的释家。

记得我与他相识，是一九二五年，那时我在充满了艺术空气的立达学园里教书，他就是这个学园的创办人。当时的同事，如朱光潜、白采、方光焘、夏丏尊、刘薰宇、……都是在这个时候认识的。不过当时我与白采往还最多，子恺和别的同事们，都很少拜访和聚首。

一直到一九二八年，我才为了我自已的《中国文学小史》,《童话概要》和《童话论集》请他画封面，专诚去拜访了他几次。我知道他是最喜欢田园和小孩的，便买了一本描写田园和小孩最多而作风也最平和的米勒（Millet）的画集送他，还送了一盒巧克力糖给他的孩子们；这盒糖也经过我的选择，挑了一盒玻璃纸映着有一个美丽女孩的肖像的。当时我与他谈了些什么，现在已经不能回忆；但知他的态度潇洒，好像随意舒展的秋云。

后来有一次，子恺到开明书店来玩，使我很诧异的，竟完全变过一个子恺了。他坐在藤椅上，腰身笔一样的直，不像以前那样的衔着纸烟随意斜坐；两手也垂直的俯在膝上，不像以前那样的用手指拍椅子如拍音乐的节奏；眼睛则俯下眼皮，仿佛入定的老僧，不像以前那样用含情的眸子望看来客；说起话来，也有问必答，不问不答，答时声音极低，不像以前那样的声音之有高下疾徐。是的，我也常听丐尊说：“这一向子恺被李叔同迷住了!”照子恺的说法，以上的叙列就是我与他的“缘”。

李叔同是丰子恺的老师，无论在艺术上或是思想上，都是影响他最深的人。他的《缘》和《佛法因缘》都是专写李叔同的。李叔向在杭州第一师范学校教过他的木炭画，后来出家；于恺曾特地替他绘过护生画集。《两个‘?’》

更明白的承认他“被它们引诱入佛教中”。我们一听说佛教或基督教，就会联想到迷信上去；其实，倘若除去了那不科学的成分，这对于人世间的悲悯，恐怕是任何社会主义者思想的发动力和种子吧？

我觉得子恺的随笔，好多地方都可以与叶绍钧的《隔膜》作比较观。在描写人间的隔膜和儿童的天真这两点上，这两个作家是一样的可爱。其实这两点也只是一物的两面，愈是觉得人间的隔膜，便愈觉得儿童的天真。卢骚曾喊过“返于自然”，子恺恐怕要喊一声“返于儿童”。

子恺是怎样的写人间的隔膜呢？试看《东京某晚的事》，老太婆要求一个陌生人替他搬东西，陌生人不愿意，接连回报她两声“不高兴”，因为他是带了轻松愉快的心情出来散步的。子恺见了这事，心里就想：“假如真有这样的一个世界，天下如一家，人们如家族，互相爱，互相助，共乐其生活，那时候陌路都变成家人。像某晚这老太婆的态度，并不唐突了。这是何等可憧憬的世界！”再看《楼板》，楼上的房东与楼下的房客只有授受房租的关系，此外都可以老死不通往来，真是所谓“隔重楼板隔重山”。而这“楼板”，也就是《邻人》篇中那“把很大的铁条制的扇骨”。像“肯与邻翁相对饮，隔篱呼取尽余杯”那样的诗意，是久矣夫不可复见的了。《随笔五则》里的第四则写人们用下棋法谈话，最为警辟：“人们谈话的时候，往往言来语去，顾虑周至，防卫严密，用意深刻，同下棋一样。我觉得太紧张，太可怕了，只得默默不语。安得几个朋友，不用下棋法来谈话，而各舒展其心灵相示，像开在太阳光中的花一样！”

或者人都是互相隔着一堵墙，如叶绍钧所说。把墙撤去的，只有儿童。子恺在《随笔五则》之三里也说“我似乎看见，人的心都有包皮，这包皮的质料与重数，依各人而不同。有的人的心似乎是用单层的纱布包的，略略遮蔽一点，然真而赤的心的玲珑的姿态隐约可见。有的人的心用纸包，骤见虽看不到，细细捏起来也可以摸得出。且有时还要破露出绯红的一点来。有的人的心用铁皮包，甚至用到八重九重。那是无论如何摸不出，不会破，而真的心的姿态便无论如何不会显露了。我家的三岁的瞻瞻的心，连一层纱布都不包，我看见常是赤裸裸而鲜红的。”

子恺是怎样的写儿童的天真呢？你瞧，元草要买鸡，他就哭着要；不像大人那样明明是想买，却假装着不想买的样子。《作父亲》中阿宝和软软都说他们自己好；不像大人那样，明明是想说自己好，也假装着谦让不说出来。(《从孩子得到的启示》)。

子恺又因为思想近于佛教，所以有无常，世网，护生等观念。

他觉得人世是无常的，短暂的；所以人一天天走近死亡国而毫未觉得者，只是由于把生活岁月精细的划分，年分为日，日分为时，时分为分，分分为秒，便觉得生活是一条无穷而且有趣的路了。这意见，后来屡次提到。《阿难》中云："在浩劫中，人生原只是一跳。"《大账簿》云："宇宙之大，世界之广，物类之繁，事业之多，我所经验的真不啻恒河中的一粒粒细沙。"《新年》与《渐》同意，也讲到时间划分愈细，则人也愈感到快乐。

他又觉得金钱常限制了兴趣，这或者可以说是世网。第一本随笔集的第一篇，就是《翦网》，大意说大娘舅觉得大世界样样有趣，惟一想到金钱就无趣。《从孩子得到的启示》则赞美孩子"能撤去世界事物的因果关系的网，看见事物的本身的真相。"《华瞻的日记》说华瞻看见先施公司的小汽车就一定要买，他不知道爸爸不会带钱或钱不够就不能买。

他又最爱生物，尤其是渺小的生物，可见他的仁爱之心是无微不至的。《蝌蚪》写孩子们用清水养蝌蚪，子恺恐怕蝌蚪营养不足而死，便叫孩子们倒许多泥土到水盆里去，后来还叫他们掘一个小池。《随感十三则》中有两则是怜悯被屠杀的牛和羊马。《忆儿时》对于蟹和苍蝇的残杀也认为不应该做，尤其是文人所咏叹的“秋深蟹正肥”他们以为风雅，“倘质诸初心，杀蟹而持其螯，见蟹肥而起杀心，有什么美而值得在诗文中赞咏呢？”

照这样说来，子恺的小品里既是包含着小间隔膜和儿童天真的对照，又常有佛教的观念，似乎，他的小品文都是抽象的，枯燥的哲理了。然而不然，我想这许就是他的小品的长处。他那怕是极端的说理，讲“多样”和“统一”，这一类的美学原理，也带着抒情的意味，使人读来不觉其头痛。他不把文字故意写得很艰深，以掩饰他那实际内容的空虚。他只是平易的写去，自然就有一种美，文字的干净流利和漂亮，怕只有朱自清可以和他媲美。以前我对于朱自清的小品非常喜爱，现在我的偏嗜又加上丰子恺。廖记数页，以表示我的喜悦。

怀晚晴老人

夏丏尊

去年在上海离别时，曾对我说：“后年我六十岁，如果有缘，当重来江浙，顺便到白马湖晚晴山房去小住一回，且看吧。”

壁间挂着一张和尚的照片，这是弘一法师。自从“八·一三”前夕，全家六七口从上海华界迁避租界以来，老是挤居在一间客堂里，除了随身带出的一点衣被以外，什么都没有，家具尚是向朋友家借凑来的，装饰品当然谈不到，真可谓家徒四壁，挂这张照片也还是过了好几个月以后的事。

弘一法师的照片我曾有好几张，迁避时都未曾带出。现在挂着的一张，是他去年从青岛回厦门，路过上海时请他重拍的。

他去年春间从厦门往青岛湛山寺讲律，原约中秋后返厦门。“八·一三”以后不多久，我接到他的信，说要回上海来再到厦门去。那是上海正是炮火喧天，炸弹如雨，青岛还很平静。我劝他暂住青岛，并报告他我个人损失和困顿的情形。他来信似乎非回厦门不可，叫我不必替他过虑。且安慰我说：“湛山寺居僧近百人，每月食物至少需三百元。现在住持者不生忧虑，因依佛法自有灵感，不致绝粮也。”

在大场陷落的前几天，他果然到上海来了。从新北门某寓馆打电话到开明书店找我。我不在店，雪邨先生代我去看他。据说，他向章先生详问我的一切，逃难的情形，儿女的情形，事业和财产的情形，什么都问到。章先生逐项报告他，他听到一项就念一句佛。我赶去看他已在夜间，他却没有详细问什么。几年不见，彼此都觉得老了。他见我有愁苦的神情，笑对我说道：“世间一切，本来都是假的，不可认真。前回我不是替你写过一幅金刚经的四句偈子吗？‘一切有为法，如梦幻泡影，如露亦如电，应作如是观。’你现在正可觉悟这真理了。”

他说三天后有船开厦门，在上海可住二日。第二天又去看他。那旅馆是一面靠近民国路一面靠近外滩的，日本飞机正狂炸浦东和南市一带，在房间里坐着，每几分钟就要受震惊一次。我有些挡不住，他却镇静如常，只微动着嘴唇。这一定又在念佛了。和几位朋友拉他同到觉林蔬食处午餐，以后要求他到附近照相馆留一摄影——就是这张相片。

他回到厦门以后，依旧忙于讲经说法。厦门失陷时，我们很记念他，后来知道他早到了漳州了。来信说："近来在漳州城区弘扬佛法，十分顺利。当此国难之时，人多发心归信佛法也。"今年夏间，我丢了一个孙儿，他知道了，写信来劝我念佛。秋间，老友经子渊先生病笃了，他也写信来叫我转交，劝他念佛。因为战时邮件缓慢，这信到时，子渊先生已逝去，不及见了。

厦门陷落后，丰子恺君从桂林来信，说想迎接他到桂林去。我当时就猜测他不会答应的。果然，子恺前几天来信说，他不愿到桂林去。据子恺来信，他复子恺的信说："朽人年来老态日增，不久即往生极乐。故于今春在泉州及惠安尽力宏法，近在漳州亦尔。犹如夕阳，殷红绚彩，随即西沉。吾生亦尔，世寿将尽，聊作最后之记念耳。……缘是不克他往，谨谢厚谊。"这几句话非常积极雄壮，毫没有感伤气。

他自题白马湖的庵居叫"晚晴山房"，有时也自称晚晴老人。据他和我说，他从儿时就欢喜唐人“人间爱晚晴”（李义山句）的诗句，所以有此称号。“犹如夕阳，殷红绚彩，随即西沉”这几句话，恰好就是晚晴二字的注脚，可以道出他的心事的。

他今年五十九岁，再过几天就六十岁了。去年在上海离别时，曾对我说：“后年我六十岁，如果有缘，当重来江浙，顺便到白马湖晚晴山房去小住一回，且看吧。”他的话原是毫不执着的。凡事随缘，要看“缘”的有无，但我总希望有这个“缘”。

一九四三年二月

悼夏丏尊先生

丰子恺

凡熟识夏先生的人，没有一个不晓得夏先生是个多忧善愁的人。他看见世间的一切不快、不安、不真、不善、不美的状态，都要皱眉、叹气。

我从重庆郊外迁居城中，候船返沪。刚才迁到，接得夏丏尊老师逝世的消息。记得三年前，我从遵义迁重庆，临行时接得弘一法师往生的电报。我所敬爱的两位教师的最后消息，都在我行旅倥偬的时候传到。这偶然的事，在我觉得很是蹊跷。因为这两位老师同样的可敬可爱，昔年曾经给我同样宝贵的教诲；如今噩耗传来，也好比给我同样的最后训示。这使我感到分外的哀悼与警惕。

我早已确信夏先生是要死的，同确信任何人都要死的一样。但料不到如此其速。八年违教，快要再见，而终于不得再见！真是天实为之，谓之何哉！

犹忆二十六年秋，“卢沟桥事变”之际，我从南京回杭州，中途在上海下车，到梧州路去看夏先生。先生满面忧愁，说一句话，叹一口气。我因为要乘当天的夜车返杭，匆匆告别。我说：“夏先生再见。”夏先生好像骂我一般愤然地答道：“不晓得能不能再见！”同时又用凝注的眼光，站立在门口目送我。我回头对他发笑。因为夏先生老是善愁，而我总是笑他多忧。岂知这一次正是我们的最后一面，果然这一别“不能再见了”！

后来我扶老携幼，仓皇出奔，辗转长沙、桂林、宜山、遵义、重庆各地。夏先生始终住在上海。初年还常通信。自从夏先生被敌人捉去监禁了一回之后，我就不敢写信给他，免得使他受累。胜利一到，我写了一封长信给他。见他回信的笔迹依旧遒劲挺秀，我很高兴。字是精神的象征，足证夏先生精神依旧。当时以为马上可以再见了，岂知交通与生活日益困难，使我不能早归；终于在胜利后八个半月的今日，在这山城客寓中接到他的噩耗，也可说是“抱恨终天”的事！

夏先生之死，使“文坛少了一位老将”，“青年失了一位导师”，这些话一定有许多人说，用不着我再讲。我现在只就我们的师弟情缘上表示哀悼之情。

夏先生与李叔同先生（弘一法师），具有同样的才调，同样的胸怀。不过表面上一位做和尚，一位是居士而已。

犹忆三十余年前，我当学生的时候，李先生教我们图画、音乐，夏先生教我们国文。我觉得这三种学科同样的严肃而有兴趣。就为了他们二人同样的深解文艺的真谛，故能引人入胜。夏先生常说：“李先生教图画、音乐，学生对图画、音乐看得比国文、数学等更重。这是有人格作背景的原故。因为他教图画、音乐，而他所懂得的不仅是图画、音乐；他的诗文比国文先生的更好，他的书法比习字先生的更好，他的英文比英文先生的更好……这好比一尊佛像，有后光，故能令人敬仰。”这话也可说是“夫子自道”。夏先生初任舍监，后来教国文。但他也是博学多能，只除不弄音乐以外，其他诗文、绘画（鉴赏）、金石、书法、理学、佛典，以至外国文、科学等，他都懂得。因此能和李先生交游，因此能得学生的心悦诚服。

他当舍监的时候，学生们私下给他起个诨名，叫夏木瓜。但这并非恶意，却是好心。因为他对学生如对子女，率直开导，不用敷衍、欺蒙、压迫等手段。学生们最初觉得忠言逆耳，看见他的头大而圆，就给他起这个诨名。但后来大家都知道夏先生是真爱我们，这绰号就变成了爱称而沿用下去。凡学生有所请愿，大家都说：“同夏木瓜讲，这才成功。”他听到请愿，也许喑呜叱咤地骂你一顿；但如果你的请愿合乎情理，他就当作自己的请愿，而替你设法了。

他教国文的时候，正是“五四”将近。我们做惯了“太王留别父老书”、“黄花主人致无肠公子书”之类的文题之后，他突然叫我们做一篇“自述”。而且说：“不准讲空话，要老实写。”有一位同学，写他父亲客死他乡，他“星夜匍伏奔丧”。夏先生苦笑着问他：“你那天晚上真个是在地上爬去的?”引得大家发笑，那位同学脸孔绯红。又有一位同学发牢骚，赞隐遁，说要：“乐琴书以消忧，无孤松而盘桓”。夏先生厉声问他：“你为什么来考师范学校?”弄得那人无言可对。

这样的教法，最初被顽固守旧的青年所反对。他们以为文章不用古典，不发牢骚，就不高雅。竟有人说：“他自己不会做古文（其实做得很好），所以不许学生做。”但这样的人，毕竟是少数。多数学生，对夏先生这种从来未有的、大胆的革命主张，觉得惊奇与折服，好似长梦猛醒，恍悟今是昨非。这正是五四运动的初步。

李先生做教师，以身作则，不多讲话，使学生衷心感动，自然诚服。譬如上课，他一定先到教室，黑板上应写的，都先写好（用另一黑板遮住，用到的时候推开来）。然后端坐在讲台上等学生到齐。譬如学生还琴时弹错了，他举目对你一看，但说："下次再还。"有时他没有说，学生吃了他一眼，自己请求下次再还了。他话很少，说时总是和颜悦色的。但学生非常怕他，敬爱他。夏先生则不然，毫无矜持，有话直说。学生便嘻皮笑脸，同他亲近。偶然走过校庭，看见年纪小的学生弄狗，他也要管"为啥同狗为难!"放假日子，学生出门，夏先生看见了便喊："早些回来，勿可吃酒啊!"学生笑着连说："不吃，不吃!"赶快走路。走得远了，夏先生还要大喊："铜钿少用些!"学生一方面笑他，一方面实在感激他，敬爱他。

夏先生与李先生对学生的态度，完全不同。而学生对他们的敬爱，则完全相同。这两位导师，如同父母一样。李先生的是"爸爸的教育"，夏先生的是"妈妈的教育"。夏先生后来翻译的《爱的教育》，风行国内，深入人心，甚至被取作国文教材。这不是偶然的事。

我师范毕业后，就赴日本。从日本回来就同夏先生共事，当教师，当编辑。我遭母丧后辞职闲居，直至逃难。但其间与书店关系仍多，常到上海与夏先生相晤。故自我离开夏先生的绛帐，直到抗战前数日的诀别，二十年间，常与夏先生接近，不断地受他的教诲。其时李先生已经做了和尚，芒鞋破钵，云游四方，和夏先生仿佛是两个世界的人。但在我觉得仍是以前的两位导师，不过所导的范围由学校扩大为人世罢了。

李先生不是“走投无路，遁入空门”的，是为了人生根本问题而做和尚的。他是真正做和尚，他是痛感于众生疾苦而“行大丈夫事”的。夏先生虽然没有做和尚，但也是完全理解李先生的胸怀的；他是赞善李先生的行大丈夫事的。只因种种尘缘的牵阻，使夏先生没有勇气行大丈夫事。夏先生一生的忧愁苦闷，由此发生。

凡熟识夏先生的人，没有一个不晓得夏先生是个多忧善愁的人。他看见世间的一切不快、不安、不真、不善、不美的状态，都要皱眉、叹气。他不但忧自家，又忧友，忧校，忧店，忧国，忧世。朋友中有人生病了，夏先生就皱着眉头替他担忧；有人失业了，夏先生又皱着眉头替他着急；有人吵架了，有人吃醉了，甚至朋友的太太要生产了，小孩子跌跤了……夏先生都要皱着眉头替他们忧愁。学校的问题，公司的问题，别人都当作例行公事处理的，夏先生却当作自家的问题，真心地担忧；国家的事，世界的事，别人当作历史小说看的，在夏先生都是切身问题，真心地忧愁，皱眉，叹气。故我和他共事的时候，对夏先生凡事都要讲得乐观些，有时竟瞒过他，免得使他增忧，他和李先生一样的痛感众生的疾苦。但他不能和李先生一样行大丈夫事；他只能忧伤终老。在“人世”这个大学校里，这二位导师所施的仍是“爸爸的教育”与“妈妈的教育”。

朋友的太太生产，小孩子跌跤等事，都要夏先生担忧。那么，八年来水深火热的上海生活，不知为夏先生增添了几十万斛的忧愁！忧能伤人，夏先生之死，是供给忧愁材料的社会所致使，日本侵略者所促成的！

以往我每逢写一篇文章，写完之后总要想：“不知这篇东西夏先生看了怎么说。”因为我的写文，是在夏先生的指导鼓励之下学起来的。今天写完了这篇文章，我又本能地想：“不知这篇东西夏先生看了怎么说。”两行热泪，一齐沉重地落在这原稿纸上。

一九四六年五月一日于重庆客寓

记我所知道的槟城

凌叔华

想到这绝代的学者，（虽留下几本著作）竟尔无声无臭与草木同腐了，心下未免怆然，但想起他说的“槟城，有高山，有大海，风景好得很呢。”清清楚楚的一如昨日，我忽然渴望一游槟城。

我一向都认为："人杰地灵"也好，"地灵人杰"也好，我们人类，也同植物一样，是与土地永结不解缘的。

新近我在槟城小住，觉得"山川灵气所钟"，实有至理，虽是移植过来的植物，也一样为灵气所润泽。以下所记，观察或嫌未足，但是一个诚实的印象，还是值得写下来的。

我知道槟城这个名字，还是因为辜鸿铭曾经告诉我他生在南洋的槟城，这可是多年前的事了。以后听人讲到槟城，我就想起那个二十世纪初期的奇才兼学者，他不但精通六七国语言文字（中、英、德、法、日、梵、马来），能说能写一样的流利，对于东西文学哲学政治研究的渊博透澈，也是前无古人可与颉颃的。远在三十多年前，他住在北京东城一座寒素的四合院房子，每日不知有多少国际名流学者亲造他的“寒舍”（辜说这是炉火不温之谓），听他讽刺讥笑，若不服气，与他辩论，大都逼得面红耳赤，还得赔笑拉手，尽礼而逃。否则那拖着小辫子的老书生绝不肯饶，尤其是对客从西方来的。他的雄辩，势如雨后江河，滔滔流不绝的；若无法截住，它会毫不留情的决堤溃岸，当之者不遭灭顶不得解脱。英国大文豪毛根，日本的芥川龙之介都曾尝过此味。

“这个怪人，谁能跟他比呢！他大概是没出娘胎，就读了书的，他开口老庄孔孟，闭口歌德，福尔泰，阿诺德，罗斯金，没有一件事，他不能引上他们一打的句子来驳你，别瞧那小脑袋，装的书比大英博物院的图书馆还多几册吧？”我曾听一个父执说他听见几个西方学者说过类乎这样的话。难怪那时北京有人说：“庚子赔款以后，若没有一个辜鸿铭支撑国家门面，西方人会把中国人看成连鼻子都不会有的！”

辜鸿铭是我父亲一个老朋友。他那时住在我们家对面一条小街叫椿树胡同的。每隔一两天他就同庆宽伯（即收藏七百丁敬身石印的松月居士），或梁松生伯来我们家聊天吃饭，常到夜深才走。他们谈的话真是广泛，上下古今中外，海阔天空没个完。庆宽伯曾任前清内务府总管三四十年，无论讲到什么，他都可以原原本本，头头是道的讲一大篇。他的收藏也是无所不有，我最喜欢他养的白孔雀及北京小狗，常央求父亲带我去他家。梁松生伯曾经驻节海外多年，他住过的国家，最冷的是俄国，最热的是印度。他口才不若辜伯流利，但是大家争论起来，只须梁伯冷冷的说一句话，辜伯就掩旗息鼓的静下来了。

有一回辜伯不知因为梁伯说了他什么话，他与梁伯同来，未等坐下，即把手中的一本英文书递与我的堂兄，他说，“我要你听听我背的出失乐园背不出。梁伯说我吹牛。孔夫子说过‘当仁不让’，讲到学问，我是主张一分一厘都不该让的。”说完，他就滔滔不绝的背，我挨着堂兄指着的行看（我的英文那时只认的字母），他真的把上千行的弥尔顿的《失乐园》完全背诵出来。一字没有错。这时他的眼像猫儿眼宝石那样闪耀光彩，望着他，使人佩服得要给他磕一个头。后来似乎他还要背别的书，去堵松生伯的嘴，父亲连忙说好说歹，把话题转移他的阵线方罢。

那时我根本搞不清楚什么是亚洲，什么是欧洲，更不知道还有中东远东了。我有一本《天方夜谭》译本，很喜欢那里的故事，就拉着辜伯问他讲些那地方的故事，我想他一定去过的。辜说没有去过，我就说："辜伯伯，我知道你什么国都去过，你想瞒我可不成。"

"我若生在《天方夜谭》那个世界就好了！"辜伯叹口长气，"我可以给他们讲上三千个中国故事呢。"他转头向父亲说。"我正想刻一个图章，同康长素（即康有为）的周游三十六国比 比，看谁的棒！（了不得之意）我要印上我一生的履历，像：生在南洋，学在西洋，婚在东洋，仕在北洋，你看好不好？"

他一面说一面拿桌上的笔写下来。（注：康有为曾将他的曾游三十国的图章，常印在他的字幅上。辜之原配是日本人）我问他哪里是南洋，他告诉我，他是生在南洋的槟榔屿，"那是出产槟榔的小岛，可是有高山，有大海，风景好得很呢。"

过了些时，我读了英文，他对父亲说，"学英文最好像英国人教孩子一样的学，他们从小都学会背诵儿歌，稍大一点就教背诗背圣经，像中国人教孩子背四书五经一样。"

他叫我次日到他家，他要找书教我背。我没有书，他就从他尘封的书架中掏出几本诗集来，第一天就教我背两首。我对背书，向来很快，也许是我们家塾先生训练过我，得了一点背书经验，不一会我就会背那两首诗了。辜伯很高兴，叫我把书拿回家，又教我读了三首，要我下次来背。可惜他那里天天有客来访，来的客又常不肯走，我只好耐烦等候。那短短的一年，对我学英文的基础确放了几块扎实的石头；学诗，也多少给我一点健康的启蒙。

也是那时候，梁伯告诉我们辜伯早年曾与世界文豪托尔斯泰通信讨论东西文化，托氏回过他好几封长信，那是很难得的；可惜我那时的英文太浅年纪太幼，信是看见了，一点不懂！

辜伯因我的请求也给我看那个俄国沙皇因他做通译员做得好，格外把一个自用的镶宝石的金表赏赐他。这两件事都是不世的遭遇，都聚集在辜伯一人，在中国那时，只有他一人，有此光荣吧。我是多么后悔当初懂不得读那些信，似乎他的家人也不会珍视这些名贵的遗产，听说他归道山后，家中书物也随子女妻妾四散了！

我到槟城前后，曾打听过一些朋友辜鸿铭出生的地方，想去吊望一下，只是没有人能告诉我。这时我方知道他在槟城的声望，远不如北京，在中国人方面，远不如在西方人方面的隆重。（槟城散记记载辜的文，也微嫌不详）想到这绝代的学者，（虽留下几本著作）竟尔无声无臭与草木同腐了，心下未免怆然，但想起他说的“槟城，有高山，有大海，风景好得很呢。”清清楚楚的一如昨日，我忽然渴望一游槟城。

北风——纪念诗人徐志摩

苏雪林

他诵读时开头声调很低，很平，要你极力侧着耳朵才能听见。以后，他那音乐一般的调子，便渐渐地升起了，生出无限抑扬顿挫了，他那博大的人格，真率的性情，诗人的天分，都在那一声一韵中流露出来了。

天是这样低，云是这样默淡，耳畔只听得北风呼呼吹着，似潮，似海啸，似整个大地在簸摇动荡。隔着玻璃向窗外一望，哦，奇景，无数枯叶在风里涡漩着，飞散着，带着颠狂的醉态在天空里跳舞着，一霎时又纷纷下坠。瓦上，路旁，沟底，狼藉满眼，好像天公高兴，忽然下了一阵黄雨！

树林在风里战栗，发出凄厉的悲号，但是在不可抵抗的命运中，它们已失去了最后的美丽，最后的菁华，最后的生意。完了，一切都完了！什么青葱茂盛，只留下灰黯的枯枝一片。鸟的歌，花的香，虹的彩，夕阳的金色，空翠的疏爽……都消灭于鸿蒙之境。这有什么法想？你知道，现在是“毁坏”统治着世界。

对于这北风的猖狂，我蓦然神游于数千里外的东北，那里，有十几座繁荣的城市，有几千万生灵，有快乐逍遥的世外仙源岁月，一夜来了一阵狂暴的风——一阵像今日卷着黄叶的风——这些，便立刻化为一堆破残的梦影了！那还不过是一个起点，那风，不久就由北而南，由东而西，向我们莲蓬卷地而来，如大块噫气，如万窍怒号，眼见得我们的光荣，独立，希望，幸福，也都要像这些残叶一般，随着五千年历史，在恶魔巨翅鼓荡下归于消灭！

有人说，有盛必有衰，有兴必有废，这是自然的定律。世无不死之人，也无不亡之国，不灭之种族。你试到尼罗河畔蒙菲司的故地去旅行一趟。啊！你看，那文明古国，现在怎样？

当时 **Cheops**，**Hephren**，**Mycerinus** 各大帝糜费海水似的金钱，鞭挞数百万人民，建筑他们永久寝宫的金字塔时是何等荣华，何等富贵，何等煌赫的威势。现在除了那斜日中，闪着玫瑰色光的三角形外，他们都不知那里去了！高四四米突广一一五米突的 **Am-mon** 大庙，只遗下几根莲花柱头，几座残破石刻，更不见旧日的庄严突兀，金碧辉煌！那响彻沙漠的驼铃，嚅嗫在棕榈叶底的晚风，单调的阿拉伯人牧笛，虽偶尔告诉你过去光荣的故事，带着无限凄凉悲咽，而那伴着最大的金字塔的 Giseh，有名的司芬克斯，从前最喜把谜给人猜，于今静坐冷月光中，水远不开口。脸上永远浮着神秘的微笑，好像在说这个“宇宙的谜”连我也猜不透。

你再试到幼发拉底斯，底格里斯两河流域间参观一次，你将什么都看不见，只见无边无际的荒原展开在强烈眩人的热带阳光下。世界文化摇篮——美索达波尼亚——再不肯供给人们以丰富的天产；巴比伦尼尼微再不生英雄美人，贤才奇士；死海再不起波澜；汉漠拉比的法典已埋入地中；亚述的铁马金戈，也只成了古史上英豪的插话。那世界七大工程之一的悬空花园，那高耸云汉的七星庙，也只剩了一片颓垣断瓦，蔓草荒烟！

试问你希腊罗马，秦皇汉武，谁者不是这样收场呢？你要知道，自从这世界开幕以来，已不知换了多少角色，表现无数场的戏。我们上台后或悲剧，或喜剧，或不悲不喜剧，粉墨登场，离合欢悲的闹一阵，照例到后台休息，让别人上来表演。我们中华民族已经有了那么久长的生命，已经向世界供献过那样伟大的文化，菁华已竭，照例搴裳去之，现在便宣告下台，也不算什么奇事，难道我们是上帝赋以特权的民族，应当永久占据这个世界的吗？

这话未尝不对，但是……

我正在悠悠渺渺胡思乱想的时候，忽听有叩门的声音，原来是校役送上袁兰子写来的一封信。信中附有一篇新著，题曰：“毁灭”，纪念新近在济南飞机遇难的诗人徐志摩。她教我也做一篇纪念文字。

自数日前听见诗人的噩耗以来，兰子非常悲痛，和诗人相厚的人也个个伤心。但看着别人嗟叹溅泪，我却一味怀疑，疑心诗人并未死——死者是别人，不是他。他也许厌倦这个世界，借此归隐去了。你们在这里流泪，他许在那里冷笑，因为我不相信那样的人也会死，那样伟大的精神也是物质所能毁灭的。不过感情使我不相信他死，理性却使我相信他已不复生存了。于是我为这件事也有几个晚上睡不安稳，一心惋惜中国文学界的损失！

我和诗人虽无何等友谊，对于他却十分钦佩。我爱读他的作品，尤其是他的散文。我常学着朱熹批评陆放翁的口气说他道：“近代惟此人有诗人风致。”现在听了他遭了不幸，确想说几句话，表示我此刻内心的情绪。但是，既不能就怀旧之点来发挥，又不能过于离开追悼的范围说话，这篇文章应当如何下笔呢？再三思索，才想起了对于诗人的一个回忆，好，就在这个回忆里来追捉诗人的声音笑貌吧……

距今二年前，我住在上海，和兰子日夕过从，有时也偶尔参与她朋友的集会。第一次我会见诗人是在张家花园。胡适之，梁实秋，潘光旦，张君劢都在座。聚会的时间很匆促，何况座客又多，我的目力不济，过后，诗人的脸长脸短，我都记不清楚。第二次，我会见诗人是在苏州。一天，二女中校长陈淑先生打电话来说请了徐志摩先生今日上午九点钟莅校演讲，叫我务必早些到场。那时虽是二月天气，却刮着风，下着疏疏的雨，气候之冷和今天差不了许多。我到二女中后，便在校长室中，和陈校长曹养吾光生三人，等到诗人的来到。可是时间先生似乎同人开玩笑：一秒，一分，一刻过去了，一点过去了，两点也过去了，诗人尚姗姗其来迟。大家都有些不耐烦，怕那照例误点的火车又在途中瞌睡，我们预期的耳福终不能补偿。何况风阵阵加紧，寒暑表的水银刻刻往下降，我出门时，衣服穿得太少，支不住那冷气的侵袭，冻得发抖，只想回家去。幸而陈校长再三留我，说火车也许在十一点到站，不如再等待一下。我们只好忍耐地坐着，想出些闲谈来消磨那可厌的时光。忽然门房报进来说，徐志摩先生到了。我们顿觉精神一振，竟不觉手舞足蹈，好像上了岸干巴巴喘着气的鱼，又被掷下了水，舒鳍摆尾，恨不得打几个旋激起几个水花，来写出它那时的快乐！

我记得诗人那天穿着一件青灰色湖绉面的皮袍，外罩一件中国式的大袖子外套。三四小时旅程的疲乏，使他那双炯炯发亮，专一追逐幻想的眼睛，长长的安着高高鼻子的脸，带着一点惺松睡意。他向陈校长道迟到的歉，但他又说那不是他的罪过，是火车的罪过。

学生鱼贯地进了大礼堂，我们伴着诗人随后进去。校长致了介绍词后，诗人在热烈掌声中上了讲坛了。那天他所讲的是关于女子与文学的问题。这是特别为二女中学生预备的。

他从大衣袋里掏出一大卷稿子，庄严地开始诵读。到一个中等学校演讲，又不是莅临国会，也值得这么的预备，一个讽嘲的思想钻进我的脑筋，我有点想笑。但再用心一听便听出他演讲的好处来了。他诵读时开头声调很低，很平，要你极力侧着耳朵才能听见。以后，他那音乐一般的调子，便渐渐地升起了，生出无限抑扬顿挫了，他那博大的人格，真率的性情，诗人的天分，都在那一声一韵中流露出来了。这好似一股清泉起初在石缝中艰难地，幽咽地流着，一得地势，便滔滔汩汩，一泻千里。又如他译的济慈《夜莺歌》夜莺引吭试腔时，有些涩，有些不大自然，随即一声高似一声，无限变化的音调，把你引到大海上，把你引到深山中，把你引到意大利蔚蓝天宇下，把你引到南国苍翠的葡萄园里，使你看见琥珀杯中的美酒，艳艳泛着红光，酡颜的青年男女在春风中捉对跳舞……

他的辞藻真繁富，真复杂，真多变化，好像青春大泽，万卉初葩，好像海市蜃楼，瞬息起灭，但难得他把它们安排得那样和谐，柔和中有力，浓厚中有淡泊，鲜明中有素雅。你夏夜仰看天空，无数星斗撩得你眼花历乱，其实每颗的距离都有数万万里，都有一定不错的行躔。

若说诗人的言语就是他的诗文，不如说他的诗文就是他的言语。我曾说韩退之以文为诗，苏东坡以诗为词，徐志摩以言语为文字，今天证明自己的话了。但言语是活的，写到纸上便滞了，死了。志摩的文字虽佳，却还不如他的言语——特别是诵读自己作品时的言语。朋友，假如你读尽了诗人的作品，却不曾听过诗人的言语，你不算知道徐志摩！

一个半钟头坐在空洞洞的大礼堂里，衣服过单的我，手脚都发僵了，全身更在索索地打颤了，但是，当那银钟般的声音在我耳边响着时，我的灵魂便像躺上一张梦的网，摇摆在野花香气里，和筛着金阳光的绿叶影中，轻柔，飘忽，恬静，我简直像喝了醇酒般醉了。这才理会得“温如挟纩”的一句古话。

风定了，寒鸦的叫声带着晚来的雪意，天色更暗下来了。茶已无温，炉中兽炭已成了星屋残烬，我的心绪也更显得无聊寂寞。我拿起兰子的“毁灭”再读一遍。一篇绝妙的散文，不，一首绝妙的诗，竟有些像诗人平日的笔意，这样文字真配纪念志摩了。我的应当怎样写呢？

当我两眼痴痴地望着窗前乱舞的黄叶时，不由得又想：国难临头，四万万人都将死无葬身之所，我们那能还为诗人悲悼？况我已想到国家有亡时，种族有灭日，那么，个人寿数的修短，更何必置之念中？

况早死也未尝不幸。王勃、李贺、拜伦、雪莱，还有许多天才都在英年殂谢，而且我们在这样的时代，便活到齿豁头童有何意味。兰子说诗人像一颗彗星，不错，他在世三十六年的短短的岁月，已经表现文学上惊人的成功，最后在天空中一闪，便收了他永久的光芒，他这生命是何等的神妙！何等的有意义！

“生时如虹，死时如雷”，诗人的灵魂，你带着这样光荣上天去了。我们这个拥有五千年历史的大民族。灭亡时，竟不洒一滴血，不流一颗泪，更不作一丝挣扎，只像猪羊似的成群走进屠场么？不，太阳在苍穹里奔走一整天，西坠时还闪射半天血光似的霞彩，我们也应当有这么一个悲壮的收局！

二十四年冬诗人逝世一周内

出游

孙福熙

路边的槐树与栗树的叶色正在转黄了，山中静寂，时闻落叶到地的声音。小鸟枝东枝西的唱和，他们恨秋景将残，所以有意加工。

宗杰：

你是好游的，我愿同你讲讲我去年在里昂时的游兴。

在那里的时候，每年暑假我必到山中或海边旅行，而且每逢礼拜日，只要没有约会或紧要的事务，我也必到乡间去散步。有时天气不好，我还是要出去，一则因为天气不好，所以在家愈觉沉闷，二则看看变态的天，是很难得的。你或者想我是太风雅罢？这不然，在法国，即使是面包工人，洗衣女子等等平常人，只要轮到他们休假，他们就去游玩。不过我有几次是有意到游人较少之处。

去年这个时节，我与方曾二君同去游山，真是快乐，那一天是重阳节，所以我们约定去登高，对你老朋友不妨老实说，因为我不必防你误解的，我不肯为了要革新而绝对抹煞旧事的好处。旧历虽然废去，出游究竟是好事，我们尽不必强迫自己忘记那一天是阴历的九月初九。你知道，在四周没有附注阴历月日的历本时，苦心的去探问那一天是重阳，这是与在各种书籍上查某学者的生平是一样有兴味的。适巧这一天大家没有功课，所以我们决计登高去了。自然，我们虽然说登高，决不想学避难的故事。倘若你不以我的话为然，那么我要反问你，你不是礼拜日不去上课吗？难道你是耶教信徒吗？

那天是浓雾，在直往乡间的电车中，玻璃窗上罩了一层薄幕，使我们不见一路风物的丝毫。到了 Vaugneray 山中，我们下车来，薄雾已去，蓦然见到远近的山色村景，微红的朝日照在我们身上，又加清风的飘动，使久闷车中以后的我们如此惊异。在里昂，凡这样的早雾，日中一定是晴明的。曾君用了他的习用语说“实在好！”而方君抚华不如平日的戏笑他，却庄严的说了一句“真的实在好！”表示曾君所说的不是过当。真的，在我的许多次的野游中，这一次是最动感了。长久关在四面厚壁的当中，只有一个或半个洞，间或来换一换实突突装在这块立方中的气体的一小部分，弯了腰想问题，因为精力不足，虽然是很容易的，也想不出答案了。在这样“坐关”以后看见大气，实在有新鲜感觉的，这不仅是心理上，大部分的还在生理上的好处，而且这是先感受到的。中国骂我们学生不肯用功的声音够响了，我们只得来叫出游了。你知道，坐在房中用苦心的时候，偏有雪片似的日报周报月报飞进来，说我们太不用功，太爱游逛，我敢说，一个赤贫的乞丐被骂为骄奢逸乐，也没有这样的难忍罢。自然，野游的快乐在于勤工之后，非游荡者所能懂得的。

我们拿了手杖，沿着不认识的大路进行，大家都穿轻便的夹大氅，戴便帽，不怕被风吹落，还便于从荆棘中钻进去。方君最爱于旅行时用皮裹腿，我也有我爬山惯用的钉齿皮鞋。我们各讲家乡在重阳节的风俗，我屡次想到绍兴登高的龙山。正在歧路口犹豫的时候，有一人从后面上来了，于是我问他到 Yzeron 去的路径。他说他正是到那里去的，同他走好了。两条路都是可走的，不过走下面较近。

他在皮袋中掏出地图来给我们看，从山坳经过许多小村，直上就是目的地，而他还要沿高岗由南山下去，这样绕一个圈。他立刻推测到我们是中法大学的学生，他知道我们常有电报，因为他是电报局的局员。他利用这一天轮到他的休息日，专来跑山路，虽然他不知道有所谓重阳的。

路边的槐树与栗树的叶色正在转黄了，山中静寂，时闻落叶到地的声音。小鸟枝东枝西的唱和，他们恨秋景将残，所以有意加工。听到这种声音，我们知道催人努力的老年人们的方法是何等拙劣呢。

走至将到目的地时，因为是爬山两小时余之后，微汗出来了，全身暖热，而且胃口大开了，这位电报局员要吃他皮袋中的面包了，我们平时看吃饭为随便的事或竟认为讨厌的事，在这时节，我们也急于饮食了。然而我们原定到村中买酒或汽水的，所以没有带来，于是不能与这位法国人一同坐下。

一条溪水在山径旁流过，他的来路与去路都隐在丛叶中，但几天下雨之后，故水甚清而旺，听他从很远的地方流来，又流到很远的地方去，我们看中这条水了。走几步过去，矮树丛的后面，满枝果实的苹果树旁边，绿草上几段树干上，我们坐下吃饭了。虽然没有酒或汽水，听了清亮的水声已经止渴了。

宗杰，野餐真有味呢。第一个特点是有一味清纯的大气，倘若说我这话太渺茫，那么野餐之所以这样美味者是什么缘故呢？或者是我还带了野蛮的遗传之故罢，我爱野餐甚于围在四壁中间吃饭，似乎，只要看见树枝或草地，虽然所吃的无非是干面包冷牛肉与果子酱一类东西，觉得兴致大不相同了。

其实我所讲得天花乱坠的法国风景远不及我们的家乡，而我们的家乡在中国是不算什么的。因此，他们与我都是渴望于回来周游中国的。我很想瞻仰蜀山之奇伟，方君最梦想西湖，未曾到过，而久醉西湖的曾君觉之告他说，不亲到过，没有方法来想象西湖之美的。我们商量将来组织一个全国旅行团，尤其应该在云南，西藏，青海，新疆，蒙古至东三省绕一个圈，我们学生物的采取动植物标本，学文学社会的记录社会状况，学图画及会照相的摄取各地景物，备任一职，共同进行。只有一个困难问题，全队中至少应该有一个学医的，然而这最困难，照经验所得，学医的几乎人人是很“精灵”的，真的，看来看去，尚未得一个学医的肯做这种傻事的。因此我们只得买几部日用医学须知书各人都学些，大概，受寒，发热，头痛，出血这几种使药是颇容易的。现在可以问问你，你有这种学医的同志否？将来旅行告终，把各团员的记录编辑起来，可印专书，这种报告，我可以自信决非以前所有，对于将来种种社会事业是很有益的。

我们还想在各地设立旅行招待所，改革现在龌龊与凶横的旅馆，某城市范围内与附近有什么古迹风景或工商机关可游，轮船火车轿马之雇用，均由招待部指导而且负责。最紧要的一句话，我说得小一点，全中国交通便利的时候，一切必呈新的活气象，战争可免，生产可丰，金融可流动，你我的疆界可消失，国民的智识可提高而推广，那时，决不是现在沉死的中国了，这是我可预定的。

到现在，回国已九个月了，我简直还没有游过，看街上槐叶变色，我不得不追念去年的重阳了，我特来告诉你，我的这个想望不是今年开始空架蜃楼，我早就这样想的。

去年的快乐还不只此哩，我们饭后到苹果树下拾起美丽的果子吃，这时面包牛肉等等已经吃完，皮袋已空，所以一路拾梨栗苹果放在袋中，满满的背回来。后来，煮栗子吃了四次，苹果梨子除生吃外，做了两次果酱，几位不去的朋友们尝了都说“实在好”。

我们爬到山上村镇中，在咖啡店门前，白石的小圆桌旁边，我们坐下。太阳穿过疏疏的花棚，照在我们上面，已经觉得可爱了。

我们拣了本地的风景片写寄一位薛君，他是在高山中的 Autrans 村养病的。我们说可惜今天没有他与 Ho，He，Ho，他同我们在 Chambery 游山时遇见女学生旅行团一大队，其中有许多人与我们谈话的，因为不知道他们的姓名，所以就用他们所唱的声音为名。

我们又往村后的高山上去，深绿的柏林很是茂密，根处的凤尾草已大半枯黄，我们尽管带拨带钻，希望他是有几里路的深。风过时呜呜有声，我总愿设想这是老虎来了。我们想在这里练习，养成在西藏新疆去探险的精神。到山顶上，有一个圣母像，回顾四周，山峰都在我们脚下，然而这还不是我们精神的终点，因为前人已经走到这个高度了。

坐公用自动车绕道下山，我们再三的说下礼拜还要来，而且冬季要来看雪。电车在村中等侯，不是专等候谁的，却等候无论什么按时到来的人。我们笑迷迷的坐着，因电车的振动而摇摆，很亲切的重阅脑中今日所得的新印象，到现在我还没有忘记那时的快乐。

好游的宗杰，重阳到来了，你将怎样的利用呢？明陵的红叶将默默的落去，你忍心不去说一声再会吗？

福熙

十月二十三日夜

雁冰先生印象记

吴组缃

夜已经很深了，外面下着雨。我竖起耳朵听听侧面临时搭的竹板床上，雁冰先生没有声音的躺着，也不知道他醒着还是睡着。我想对他说点什么，但是到底没敢惊动。

直到去年春间，才和雁冰先生识面。

那是文艺协会的年会上，我到得很迟，远远看见台上坐着的，左边一排是几位官儿；右边，有一位穿咖啡色西服的。这人我不认识。请问了别人，别人诧异的说：“你们没有见过面吗？是老茅。”台上光线照例较弱，那些座椅又堂皇得很，坐在那里的人们被这背景衬着，多少都显出些“庄严法相”的味儿。这时候的老茅即雁冰先生，也有点这类神圣不可接近的样子。我不喜欢听这种例会上的演讲，只好傻瞪瞪的端详那些台上的“法相”，望来望去，眼睛还是落到这咖啡色西服身上。我潜意识里给雁冰先生摄下一张照片；一个架子不小，神气十足，体格很魁梧，道貌很尊严的影子。

过了一会，雁冰先生也许是坐得不安起来了，他偷偷从台上的侧门溜了出来，溜到台下人群中，找了个旁边的空位子坐下了。这时候咖啡色身影骤然小了许多，那端严法相也不见了，现出一个清癯的柔弱的脸，是个“江浙型”的脸，戴一副小眼镜，唇上留着一点秀气的短髭。他连连眨动着那似乎有点砂眼病的眼睛，并且习惯地耸了耸肩，而后从衣袋里摸出烟卷，点了火，轻松地，舒适地，但几乎是敛缩地，依在那位子角落里，吸着。我心里想，一个人在台上，和在台下，有这样的不同！但也并不太吃惊。

这天会散，我们只在聚餐的席间握了握手，因为人多，场面乱，彼此都没有说什么话，连寒暄也没有。第二天为舍予兄祝贺创作二十年，白天的茶会人太多，我没有看见雁冰先生。晚上在郭先生家里吃饭，雁冰先生也在场。这次人少些，可是也有两桌多。大说大笑大唱，一直闹了两三个钟头。雁冰先生始终敛缩地坐在一边，微笑着。我不记得他说了什么，或是做了什么。散了席，以群邀我到会里去住宿，说雁冰先生也住在那里，可以谈谈天，同路的大约有四五位，一路走。一路七嘴八舌的谈笑。有谁忽然想起来，说：“阿哈！我们早就该给沈先生做纪念了！他比老舍还早呢。岁数怕也要大些?”于是许多人应和着闹起来，有的查问他的年纪，有的计算他从事文艺工作和开始写作小说的年数。雁冰先生现出着急的神气，笑着连说“没有，没有。”像一位小姐听到人家提及他的花烛佳期似的，简直是害羞的、快步抢到前面，躲开了。

当夜连我只有三个人在房里。雁冰先生把靠桌一张藤椅让给我坐，他自己坐在桌子侧面的小方凳上。我们随便谈着。已经不记得谈了些什么——对，我曾傻里瓜气的问了他一些关于某某文化现况和对于自由主义者的态度之类问题。他只告诉了我几件他所目见的事实，谈了几个故事。没讲一句理论和空泛评语，也没有要“勉励”我或企图“说服”我的意思。随口我们又扯到别的题目上，渐渐的，我的潜意识里把原先所摄取的印象都重新添改过来了：他的谈锋很健，是一种抽丝似的，“娓娓”的谈法，不是那种高谈阔论；声音文静柔和，不是那种慷慨激昂的。他老是眼睛含着仁慈的柔软的光，亲切的笑着，只是一点似有若无的笑，从没笑出声来过，他是这样的随和，任你谈到什么问题，他都流露出浓厚的兴趣，要接过去说几句；决不是一开口就是严肃的道理，否则不搭腔，他没有一点架子，也毫无什么锋芒和尊严，你和他在一起，只觉得自由自在，你想说什么，就说什么；你要怎么说，就怎么说。你要躺下来尽管躺下来，要把脚架到桌上去就架上去。总之，你无须一点矜持，一点戒备，他不会给你心里添一点负担的。他的身体很单弱，面色也不很健康；我知道他常患失眠，并且最近生过肠胃病。而且，他那套咖啡色西服毫不庄严堂皇，虽然并不破，也很洁净，可是看去至少也是十年以上的旧物了。

这是雁冰先生给我的最初的印象。这印象我以为是正确的，大致没有什么走样。因为今年文艺节后，我们同在一间房子里住了三四天，每天至少有七八十来个钟头是在一起的，现在回想起来，这最初的印象不须再加什么修改；甚至那身咖啡色西服。当然，有些方面加深了一些，并且添了些新的。他把原是属于他的床位让给我睡，自己在书架下面另搭了张临时的。我睡的被子也有一部分是他的。这不是说明他对人客气，讲礼，因为他原非这里的主人；而是说明他和易近人，以及没有乖僻的脾气。他睡觉也叫同房的人欢喜，因为醒着时是静静的躺着，决不东翻西覆，烦躁的叹气，或是勉强找人说话，有些爱失眠的人总是这样的；睡着了，也不扯呼，或是锯牙齿，在房里和客厅里，他不但健谈，而且喜欢谈，甚至贪谈。京戏、相声，黑幕小说，托尔斯泰，医药，吃食，等等，等等，都是接过话头，随口说出来，那么自然，那么恬适，没有一点套头，没有一点成见。哪里人多，哪里谈得热闹，他就往哪里走拢，不管哪里有些什么人，正在谈什么天。晚上到了房里，他总说：“我们谈谈再睡。”常是海阔天空的谈到一二点钟，使人担心他的不很强健的身体。这个我了解，在乡间住久了，好容易遇见许多朋友，总想尽量过过谈瘾的。雁冰先生正是这样不甘寂寞的人。有一次谈到某位作家，大家都颇有微词。我平常自以为很宽大，持着我的“无所不容，有所不为”的信念，但对这位所谈的老兄的做法却不能不有些嫌厌。然而雁冰先生竟出来说好话了，可是并不曾替他掩饰，相反，先生承认了这些要不得，但说，他有很好的才能，只要慢慢规劝规劝他，他就可以好起来的。若是大家都鄙视，岂不是会把一个难得的人才糟蹋了。先生只轻言静语的说了这几句，有几位不能同意，于是两下还继续议论着。这时我骤然觉得鼻头有点发痒，眼泪几乎冒出来。我是不大轻易动情的，但这次我受了很深的感动。我常常在友人中觉到一些褊狭和琐屑的看法，而引以为憾，觉得痛苦，这回我可发觉自己是褊狭琐屑的了。我走到旁边和天翼说：“沈先生这个人崇高得很。唉，真不容易。”

回乡下的头天晚上，又谈起雁冰先生祝贺纪念的事来了。他还是讳莫如深，誓不肯认。睡到床上，我慢慢回忆着，最先，我记起他发表三部曲和《子夜》，轰动了全国的时候。那时我也是为他的观点新颖气魄雄大的作品所动，而对他倾心钦慕的青年之一，那已经是十多年前的事了。

再往前想，记得当我十三四岁刚进中学的时候，《小说月报》革新，接恽铁樵先生的手作主编的，岂不就是雁冰先生？那至少也有二十四五年了。如此一算，我吃惊的想，先生至少也应该有五十岁了。我很想马上从床上跳起来，把这话告诉大家。但是人都睡静了，我只好暗自兴会着，继续的想。

《小说月报》革新的时候，国内怕还没有第二本新的纯文学杂志，它一上来就是提倡现实主义的文学，介绍世界写实名著，选刊写实的创作。其后由郑振铎先生接编了，可是我知道雁冰先生还是在里面负责的。“一二八”之役后，《小说月报》停了，傅东华先生主编了《文学》，另外在北平又有《文学季刊》出世，那都是《小说月报》的后身，精神是一贯的，不过随着时代的进展，显得更新颖了。抗战发生后，先生编刊《文艺阵地》，以至最近以群负责的《青年文艺》和《文哨》，都是一脉相承的，但是先生所培植的现实主义文学，早就大大的繁茂起来了。看吧，现在各地风起云涌的文艺刊物，哪种不是现实主义的面目？谁能否认现实主义文学不是全国以至于全世界文学的主流？于是乎我又想到，文协的众多朋友们，无论所谓“老作家”，或是“新作家”，他们优秀作品的刊登和推荐，没有经过先生之手的，恐怕还是占少数罢？直到现在，他还是一方面努力自己的创作与翻译，一方面热切的关注着创作方面的收获，从他的谈话里，我知道那些随时出刊的作品，很少他没有仔细读过的；而且，以一种似饥若渴的心情，甚至有点宽纵与溺爱的选拔着新人们的作品。

我要老实说，当我和先生在一起的时候，我从来没有想起过他的这一番不能算“小”的历史和行迹。这不能怪我，是他的那种忘了自己的为人和态度，使我想不起这些来。我也要承认，我有时是有点拘谨讲礼的，但他在我面前，我从来没有想过他是个老前辈，我应当把我那套规规矩矩的家数拿出来。这也不能怪我，他老是那么不拿身份，不顾尊严，甚至三番四次的替你擦火柴点烟，替你茶碗里冲开水，你怎么能够想起那些来呢？我想，他若老是保持着像那天文协年会时给我的坐在台上的那个印象，那么，我恐怕就不会这样的对他随便，而只好远远的对他恭而敬之到底了吧？人们是有这种根性的。然而他觉得坐在上面不惯，要走到人众之中，把他的“原形”现出来，这怪得谁呢？

夜已经很深了，外面下着雨。我竖起耳朵听听侧面临时搭的竹板床上，雁冰先生没有声音的躺着，也不知道他醒着还是睡着。我想对他说点什么，但是到底没敢惊动。我深深叹息了一下，心里说：

“他不是那庙堂之器，他也不要作那种俨然人师和泥胎偶像。他只是个辛勤劳苦的，仁慈宽和的，中国新文学的老长年和老保姆啊！”

一九四五年六月十八日，莲花滩

四位先生

老　舍

简单的说吧，他被稿子埋起来了。当你要稿子的时候，你可以看见一个奇迹。假如说尊稿是十张纸写的吧，书屋主人会由枕头底下翻出两张，由裤袋里掏出三张，书架里找出两张，窗子上揭下一张，还欠两张。你别忙，他会由老鼠洞里拉出那两张，一点也不少。

吴组缃先生的猪

从青木关到歌乐山一带，在我所认识的文友中要算吴组缃先生最为阔绰。他养着一口小花猪。据说，这小动物的身价，值六百元。

每次我去访组缃先生，必附带的向小花猪致敬，因为我与组缃先生核计过了：假若他与我共同登广告卖身，大概也不会有人，出六百元来买！

有一天，我又到吴宅去。给小江——组缃先生的少爷

——买了几个比醋还酸的桃子。拿着点东西，好搭讪着骗顿饭吃，否则就大不好意思了。一进门，我看见吴太太的脸比晚日还红。我心里一想，便想到了小花猪。假若小花猪丢了，或是出了别的毛病，组缃先生的阔绰便马上不存在了！一打听，果然是为了小花猪：它已绝食一天了。我很着急，急中生智，主张给它点奎宁吃，恐怕是打摆子。大家都不赞同我的主张。我又建议把它抱到床上盖上被子睡一觉，出点汗也许就好了；焉知道不是感冒呢？这年月的猪比人还娇贵呀！大家还是不赞成。后来，把猪医生请来了。我颇兴奋，要看看猪怎么吃药。猪医生把一些草药包在竹筒的大厚皮儿里，使小花猪横衔着，两头向后束在脖子上：这样，药味与药汁便慢慢走入里边去。把药包儿束好，小花猪的口中好像生了两个翅膀，倒并不难看。

虽然吴宅有此骚动，我还是在那里吃了午饭——自然稍微的有点不得劲儿！

过了两天，我又去看小花猪——这回是专程探病，绝不为看别人；我知道现在猪的价值有多大——小花猪口中已无那个药包，而且也吃点东西了。大家都很高兴，我就又就棍打腿的骗了顿饭吃，并且提出声明：到冬天，得分给我几斤腊肉；组缃先生与太太没加任何考虑便答应了。吴太太说：“几斤？十斤也行！想想看，那天它要是一病不起……”大家听罢，都出了冷汗！

马宗融先生的时间观念

马宗融先生的表大概是、我想是一个装饰品。无论约他开会，还是吃饭，他总迟到一个多钟头，他的表并不慢。

来重庆，他多半是住在白象街的作家书屋。有的说也罢，没的说也罢，他总要谈到夜里两三点钟。假若不是别人都困得不出一声了，他还想不起上床去。有人陪着他谈，他能一直坐到第二天夜里两点钟。表、月亮、太阳，都不能引起他注意到时间。

比如说吧，下午三点他须到观音岩去开会，到两点半他还毫无动静。“宗融兄，不是三点有会吗？该走了吧？”有人这样提醒他，他马上去戴上帽子，提起那有茶碗口粗的木棒，向外走。“七点吃饭。早回来呀！”大家告诉他。他回答声“一定回来”，便匆匆地走出去。

到三点的时候，你若出去，你会看见马宗融先生在门口与一位老太婆，或是两个小学生谈话儿呢！即使不是这样，他在五点以前也不会走到观音岩。路上每遇到一位熟人，便要谈，至少有十分钟的话。若遇上打架吵嘴的，他得过去解劝，还许把别人劝开，而他与另一位劝架的打起来！遇上某处起火，他得帮着去救。有人追赶扒手，他必然得加入，非捉到不可。看见某种新东西，他得过去问问价钱，不管买与不买。看到戏报子，马上他去借电话，问还有票没有……这样，他从白象街到观音岩，可以走一天，幸而他记得开会那件事，所以只走两三个钟头，到了开会的地方，即使大家已经散了会，他也得坐两点钟，他跟谁都谈得来，都谈得有趣，很亲切，很细腻。有人刚买一条绳子，他马上拿过来练习跳绳——五十岁了啊！

七点，他想起来回白象街吃饭，归路上，又照样的劝架，救人，追贼，问物价，打电话……至早，他在八点半左右走到目的地。满头大汗，三步当作两步走的。他走了进来，饭早已开过了。

所以，我们与友人定约会的时候，若说随便什么时间，早晨也好，晚上也好，反正我一天下出门，你哪时来也可以，我们便说“马宗融的时间吧”！

姚蓬子先生的砚台

作家书屋是个神秘的地方，不信你交到那里一份文稿，而三五日后再亲自去索回，你就必定不说我扯谎了。

进到书屋，十之八九你找不到书屋的主人——姚蓬子先生。他不定在哪里藏着呢。他的被褥是稿子，他的枕头是稿子，他的桌上、椅上、窗台上……全是稿子。

简单的说吧，他被稿子埋起来了。当你要稿子的时候，你可以看见一个奇迹。假如说尊稿是十张纸写的吧，书屋主人会由枕头底下翻出两张，由裤袋里掏出三张，书架里找出两张，窗子上揭下一张，还欠两张。你别忙，他会由老鼠洞里拉出那两张，一点也不少。

单说蓬子先生的那块砚台，也足够惊人了！那是块无法形容的石砚。不圆不方，有许多角儿，有任何角度。有一点沿儿，豁口甚多，底子最奇，四周翘起，中间的一点凸出，如元宝之背，它会像陀螺似的在桌子乱转，还会一头高一头低地倾斜，如浪中之船。我老以为孙悟空就是由这块石头跳出去的！

到磨墨的时候，它会由桌子这一端滚到那一端，而且响如快跑的马车。我每晚十时必就寝，而对门儿书屋的主人要办事办到天亮。从十时到天亮，他至少有十次，一次比一次响——到夜最静的时候，大概连南岸都感到一点震动。从我到白象街起，我没做过一个好梦，刚一入梦，砚台来了一阵雷雨，梦为之断。在夏天，砚一响，我就起来拿臭虫。冬天可就不好办，只好咳嗽几声，使之闻之。

现在，我已交给作家书屋一本书，等到出版，我必定破费几十元，送给书屋主人一块平底的，不出声的视台！

何容先生的戒烟

首先要声明：这里所说的烟是香烟，不是鸦片。

从武汉到重庆，我老同何容先生在一间屋子里，一直到前年八月间。在武汉的时候，我们都吸“大前门”或“使馆”牌；大小“英”似乎都不够味儿。到了重庆，小大“英”似乎变了质，越来越“够”味儿了，“前门”与“使馆”倒仿佛没了什么意思。慢慢的，“刀”牌与“哈德门”又变成我们的朋友，而与小大“英”，不管是谁的主动吧，好像冷淡得日甚一日，不久，“刀”牌与“哈德门”又与我们发生了意见，差不多要绝交的样子，何容先生就决心戒烟!

在他戒烟之前，我已声明过：“先上吊。后戒烟!”本来吗，“弃妇抛雏”的流亡在外，吃不敢进大三元，喝么也不过是清一色（黄酒贵，只好吃点白干)，女友不敢去交，男友一律是穷光蛋，住是二人一室，睡是臭虫满床，再不吸两枝香烟，还活着干吗？可是，一看何容先生戒烟，我到底受了感动，既觉自己无勇，又钦佩他的伟大；所以，他在屋里，我几乎不敢动手取烟，以免动摇他的坚决!

何容先生那天睡了十六个钟头，一枝烟没吸！醒来，已是黄昏，他便独自走出去。我没敢陪他出去，怕不留神递给他一枝烟，破了戒！掌灯之后，他回来了，满面红光，含着笑，从口袋中掏出一包土产卷烟来。“你尝尝这个，”他客气地让我，“才一个铜板一枝！有这个，似乎就不必戒烟了！没有必要！”把烟接过来，我没敢说什么，怕伤了他的尊严。面对面的，把烟燃上，我俩细细地欣赏。头一口就惊人，冒的是黄烟，我以为他误把爆竹买来了！听了一会儿，还好，并没有爆炸，就放胆继续地吸。吸了不到四五口，我看见蚊子都争着向外边飞，我很高兴。既吸烟，又驱蚊，太可贵了！再吸几口之后，墙上又发现了臭虫，大概也要搬家，我更高兴了！吸到了半支，何容先生与我也跑出去了，他低声地说：“看样子，还得戒烟！”

何容先生二次戒烟，有半天之久。当天的下午，他买来了烟斗与烟叶。“几毛钱的烟叶，够吃三四天的，何必一定戒烟呢！”他说。吸了几天的烟斗，他发现了：（一）不便携带；（二）不用力，抽不到；用力，烟油射在舌头上；（三）费洋火；（四）须天天收拾，麻烦！由此四弊，他就戒烟斗，而又吸上香烟了。“始作卷烟者。其无后乎！”他说。

最近二年，何容先生不知戒了多少次烟了，而指头上始终是黄的。

一九四二年六月

我与老舍与酒

台静农

那时他专门在从事写作，他有一个温暖的家，太太温柔地照料着小孩，更照料着他，让他安静的每天写两千字，放着笔时，总是带着小女儿，在马路上大叶子的梧桐树下散步，春夏之交的时候，最容易遇到他们。

报纸上登载，重庆的朋友预备为老舍兄举行写作二十年纪念，这确是一桩可喜的消息。因为二十年不算短的时间，一个人能不断的写作下去，并不是容易的事，我也想写作过，——在十几年以前，也许有二十年了，可是开始之年，也就是终止之年，回想起来，惟有惘然，一个人生命的空虚，终归是悲哀的。

我在青岛山东大学教书时，一天，他到我宿舍来，送我一本新出版的《老牛破车》，我同他说，“我喜欢你的《骆驼祥子》”，那时似乎还没有印出单行本，刚在《宇宙风》上登完。他说，“只能写到那里了，底下咱不便写下去了。”笑着，“嘻嘻”的——他老是这样神气的。

我初到青岛，是二十五年秋季，我们第一次见面，便在这样的秋末冬初，先是久居青岛的朋友请我们吃饭，晚上，在一家老饭庄，室内的陈设，像北平的东兴楼。他给我的印象，面目有些严肃，也有些苦闷，又有些世故；偶然冷然的冲出一句两句笑话时，不仅仅大家轰然，他自己也“嘻嘻”的笑，这又是小孩样的天真呵。

从此，我们便厮熟了，常常同几个朋友吃馆子，喝着老酒，黄色，像绍兴的竹叶青，又有一种泛紫黑色的，味苦而微甜。据说同老酒一样的原料，故叫作苦老酒，味道是很好的，不在绍兴酒之下。直到现在，我想到老舍兄时，便会想到苦老酒。有天傍晚，天气阴霾，北风虽不大，却马上就要下雪似的，老舍忽然跑来，说有一家新开张的小馆子，卖北平的炖羊肉，于是同石荪仲纯两兄一起走在马路上，我私下欣赏着老舍的皮马褂，确实长得可以，几乎长到皮袍子一大半，我在北平中山公园看过新元史的作者八十岁翁穿过这么长的一件外衣，他这一身要算是第二件了。

那时他专门在从事写作，他有一个温暖的家，太太温柔地照料着小孩，更照料着他，让他安静的每天写两千字，放着笔时，总是带着小女儿，在马路上大叶子的梧桐树下散步，春夏之交的时候，最容易遇到他们。仿佛往山东大学入市，拐一弯，再走三四分钟路，就是他住家邻近的马路，头发修整，穿着浅灰色西服，一手牵着一个小孩子，远些看有几分清癯，却不文弱，——原来他每天清晨，总要练一套武术的，他家的走廊上就放着一堆走江湖人的家伙，我认识其中一支戴红缨的标枪。

廿六年七月一日，我离青岛去北平，接着七七事变，八月中我又从天津搭海船绕道到济南，在车站上遇见山东大学同学，知道青岛的朋友已经星散了。以后回到故乡，偶从报上知老舍兄来到汉口，并且同了许多旧友在筹备文艺协会。我第二年秋入川，寄居白沙，老舍兄是什么时候到重庆的，我不知道，但不久接他来信，要我出席鲁迅先生二周年祭报告，当我到了重庆的晚上，适逢一位病理学者拿了一瓶道地的茅台酒；我们三个人在×市酒家喝了。几天后，又同几个朋友喝了一次绍兴酒，席上有何容兄，似乎喝到他死命的要喝时，可是不让他再喝了。这次见面，才知道他的妻儿还留在北平。武汉大学请他教书去，没有去，他不愿意图个人的安适，他要和几个朋友支持着“文协”，但是，他已不是青岛时的老舍了，真个清癯了，苍老了，面上更深刻着苦闷的条纹了。三十年春天，我同建功兄去重庆，出他意料之外，他高兴得“破产请客”。虽然他更显得老相，面上更加深刻着苦闷的条纹，衣着也大大的落拓了，还患着贫血症，有位医生义务的在给他打针药。可是，他的精神是愉快的，他依旧要同几个朋友支持着

"文协"，单看他送我的小字条，就知道了，抄在后面罢：

看小儿女写字，最为有趣，倒画逆推，信意创作，兴之所至，加减笔画，前无古人，自成一家，至指黑眉重，墨点满身，亦具淋漓之致。

为诗用文言，或者用白话，语妙即成诗，何必乱吵絮。

下面题着："静农兄来渝，酒后论文说字，写此为证。"

这以后，我们又有三个年头没有见面了。这三年的期间，活下去大不容易，我个人的变化并不少，老舍兄的变化也不少罢，听说太太从北平带着小孩来了，应该有些慰安了，却又害了一场盲肠炎。能不能再喝几盅白酒呢？这个是值得注意的事，因为战争以来，朋友们往往为了衰病都喝不上酒了；至于穷喝不起，那又当别论。话又说回来了，在老舍兄写作二十年纪念日，我竟说了一通酒话，颇像有意剔出人家的毛病来，不关祝贺，情类告密，以嗜酒者犯名士气故耳。这有什么办法呢？我不是写作者，只有说些不相干的了。现在发下宏愿要是不迟的话，还是学写作罢，可是老舍兄还春纪念时能不能写出像《骆驼祥子》那样的书呢？

三十三年，四月，于白沙白巷山庄

怀念曹禺

巴　金

我们终于还是挺过来了。相见时没有大悲大喜，几句简简单单的话说尽了千言万语。我们都想向前看，甚至来不及抚平身上的伤痛，就急着要把失去的时间追回来。

家宝逝世后，我给李玉茹、万方发了个电报：“请不要悲痛，家宝并没有去，他永远活在观众和读者的心中！”话很平常，不能表达我的痛苦，我想多说一点，可颤抖的手捏不住小小的笔，许许多多的话和着眼泪咽进了肚里。

躺在病床上，我经常想起家宝。60 几年的往事历历在目。

一

北平三座门大街 14 号南屋，故事是从这里开始。靳以把家宝的一部稿子交给我看，那时家宝还是清华大学的一个学生。在南屋客厅旁那间蓝红糊壁的阴暗小屋里，我一口气读完了数百页的原稿。一幕人生的大悲剧在我面前展开，我被深深地震动了！就像从前看托尔斯泰的小说《复活》一样，剧本抓住了我的灵魂，我为它落了泪。我曾这样描述过我当时的心情：“不错，我流过泪，但是落泪之后我感到一阵舒畅，而且我还感到一种渴望，一种力量在身内产生了，我想做一件事情，一件帮助人的事情，我想找个机会不自私地献出我的精力。《雷雨》是这样地感动过我。”然而，这却是我从靳以手里接过《雷雨》手稿时所未曾料到的。我由衷佩服家宝，他有大的才华，我马上把我的看法告诉靳以，让他分享我的喜悦。《文学季刊》破例一期全文刊载了《雷雨》，引起广大读者的注意。第二年，我旅居日本，在东京看了由中国留学生演出的《雷雨》，那时候，《雷雨》已经轰动。我连着看了三天戏，我为家宝高兴。

1936 年靳以在上海创刊《文学季刊》，家宝在上面连载四幕剧《日出》，同样引起轰动。1937 年靳以创办《文丛》，家宝发表了《原野》。我和家宝一起在上海看了《原野》的演出，这时，抗战爆发了。家宝在南京教书，我在上海文化生活出版社，这以后，我们失去了联系。但是我仍然有机会把他的一本本新作编入《文学丛刊》介绍给读者。

1940 年，我从上海到昆明，知道家宝的学校已经迁至江安，我可以去看他了。我在江安待了六天，住在家宝家的小楼里。那地方真清静，晚上七点后街上就一片黑暗。我常常和家宝一起聊天，我们隔了一张写字台对面坐着。谈了许多事情，交出了彼此的心。那时他处在创作旺盛时期，接连写出了《蜕变》、《北京人》，我们谈起正在上海上演的《家》（由吴天改编，上海剧艺社演出），他表示他也想改编。我鼓励他试一试。他有他的“家”，他有他个人的情感，他完全可以写一部他的《家》。1942 年，在泊在重庆附近的一条江轮上，家宝开始写他的《家》。整整一个夏天，他写出了他所有的爱和痛苦。那些充满激情的优美的台词，是从他心底深处流淌出来的，那里面有他的爱，有他的恨，有他的眼泪，有他的灵魂的呼号。他为自己的真实感情奋斗。我在桂林读完他的手稿，不能不赞叹他的才华，他是一位真正的艺术家！我当时就想写封信给他，希望他把心灵的宝贝都掏出来，可这封信一拖就是很多年，直到 1978 年，我才把我心里想说的话告诉他。但这时他已经满身创伤，我也伤痕遍体了。

二

1966 年夏天，我们参加了亚非作家北京紧急会议。那时“文革”已经爆发。一连两个多月，我和家宝在一起工作，我们去唐山，去武汉，去杭州，最后大会在上海闭幕。送走了外宾，我们的心情并没有轻松，家宝马上要回北京参加运动，我也得回机关学习，我们都不清楚等待我们的将是什么。分手时，两人心里都有很多话，可是却没有机会说出来。这之后不久，我们便都进了“牛棚”。等到我们再见面，已是12年后了。我失去了萧珊，他失去了方瑞，两个多么善良的人！

在难熬的痛苦的长夜，我也想念过家宝，不知他怎么挨过这段艰难的日子，听说他靠安眠药度日，我很为他担心。我们终于还是挺过来了。相见时没有大悲大喜，几句简简单单的话说尽了千言万语。我们都想向前看，甚至来不及抚平身上的伤痛，就急着要把失去的时间追回来。我有不少东西准备写，他也有许多创作计划。当时他已完成了《王昭君》，我希望他把《桥》写完。《桥》是他在抗战胜利前不久写的，只写了两幕，后来他去美国讲学就搁下了。他也打算续写《桥》，以后几次来上海收集材料。那段时候，我们谈得很多。他时常报怨，不能做自己想做的事情。我劝他少些顾虑，少开会，少写表态文章，多给后人留一点东西。我至今怀念那些日子：我们两人一起游豫园，走累了便在湖心亭喝茶，到老板店吃“糟钵头”；我们在北京逛东风市场，买几根棒冰，边走边吃，随心所欲地闲聊。那时我们头上还没有这么多头衔，身也少有干扰，脚步似乎还算轻松，我们总认为我们还能做许多事情，那感觉就好像又回到了30年代北平三座门大街。

但是，我们毕竟老了。被损坏的肌体不可能再回复到原貌。眼看着精力一点一点从我们身上消失，病魔又缠住了我们，笔在我们手里一天天重起来，那些美好的计划越来越遥远，最终成了不可触摸的梦。我住进了医院，不久，家宝也离不开医院了。起初我们还有机会住在同一家医院，每天一起在走廊上散步，在病房里倾谈往事。我说话有气无力，他耳朵更加聋了，我用力大声说，他还是听不明白，结果常常是各说各的。但就是这样，我们仍然了解彼此的心。

我的身体越来越差，他的病情也加重了。我去不了北京，他无法来上海，见面成了奢望，我们只能靠通信互相问好。1993年，一些热心的朋友想创造条件让我们在杭州会面，我期待着这次聚会，结果因医生不同意，家宝没能成行。这年的中秋之夜，我在杭州和他通了电话，我清清楚楚地听到他的声音，还是那么响亮，中气十足。我说："我们共有一个月亮。"他说："我们共吃一个月饼。"这是我最后一次听到他的声音。

三

我和家宝都在与疾病斗争。我相信我们还有时间。家宝小我六岁，他会活得比我长久。我太自信了。我心里的一些话，本来都可以讲出来，他不能到杭州，我可以争取去北京，可以和他见一面，和他话别。

消息来得太突然。一屋子严肃的面容，让我透不过气。我无法思索，无法开口，大家说了很多安慰的话，可我脑子里却是一片片空白。我不能接受这个事实，前些天北京来的友人还告诉我，家宝健康有好转，他写了发言稿，准备出席六次文代会的开幕式。仅仅只过了几天！李玉茹在电话里说，家宝走得很安详，是在睡梦中平静地离去了。那么他是真的走了。

十多年前家宝在给我的一封信中，写了这样的话：“我要死在你的面前，让痛苦留给你……”我想，他把痛苦留给了他的朋友，留给了所有爱他的人，带走了他心灵中的宝贝，他真能走得那样安详吗？

一九九八年三月

刘叔雅

张中行

不论什么时代，像这样常人会视为疯子的总是稀有的，这使我不禁想到三国的祢衡。而这位祢衡就在课堂上，一周见一次，于是我怀着好奇的心理注意他的举止言谈。

刘叔雅是民初学术界的知名之士，名文典，字叔雅，因为学术有成就，人都称呼为刘叔雅，表示尊重。

他是安徽合肥人，与大政客段祺瑞是同乡，也许由于贵远贱近吧，提到段祺瑞总有些不敬之语。对于早一代也出于合肥的李鸿章，不知道是不是也一视同仁。

关于他的情况，《中华民国史资料丛稿·人物传记》第十四辑里有张文勋为他作的传，记经历，评得失，都平实。要点是这几项：一是曾两次往日本，通日语。二是年轻时候有革命朝气。三是二十几岁到北京大学任教，用了不少力量治旧学，写成《淮南鸿烈集解》和《庄子补正》等，受到许多专家推重。四是抗战以后到云南，思想消沉，生活颓废，直到解放以后才回到正路。五是骄傲怪僻，有时不合流俗。

30 年代初，他在清华大学任国文系主任，在北京大学兼课，讲六朝文，我听过一年。他的大名，我早有所知。这少半是来自读他的著作，其中有翻译日本丘浅次郎的《进化与人生》，中文的是他的权威著作《淮南鸿烈集解》。听说他骈体文写得很好，没有见过。

大名的多半是来自他的不畏权势。那是 1928 年，他任安徽大学校长，因为学潮事件触怒了老蒋。蒋召见他，说了既无理又无礼的话，据说他不改旧习，伸出手指指着蒋说："你就是新军阀!"蒋大怒，要枪毙他。幸而有蔡元培先生等全力为他解释，说他有精神不正常的老病，才以立即免职了事。

不论什么时代，像这样常人会视为疯子的总是稀有的，这使我不禁想到三国的祢衡。而这位祢衡就在课堂上，一周见一次，于是我怀着好奇的心理注意他的举止言谈。

他偏于消瘦，面黑，一点没有出头露角的神气。上课坐着，讲书，眼很少睁大，总像是沉思，自言自语。现在还有印象的，一次是讲木玄虚《海赋》，多从声音的性质和作用方面发挥，当时觉得确是看得深，说得透。

又一次，是泛论不同的韵的不同情调，说五微韵的情调是惆怅，举例，闭着眼睛吟诵："风压轻云贴水飞，乍晴池馆燕争泥。沈郎憔悴不胜衣。"念完，停一会儿，像是仍在心里回味，我当时想，他是不是觉得自己就是"沈郎憔悴不胜衣"呢？

对于他的见解，同学是尊重的。只是有一次，他表现为明显的言行不一致。不知从哪里说起，他忽然激昂起来，起立，睁大眼睛，说人间的不平等现象使他气愤，举例中有"有人坐车，有人拉车"云云。同学听了都惊讶而感动，想到像这样一位神游六朝的人物忽然注意现世问题，真有"烈士暮年，壮心不已"的意味。说完，下课，有些同学由窗口目送他走出校门。一辆旧人力车过来，他坐上去，车夫提起车把向西跑去，原来他正是"坐车"的人。

抗战时期，他到云南，一个时期在西南联大任教。我有个表弟倪君在那里上学，回内地之后跟我说，刘叔雅在那里仍然表现为很怪异，许多事在学校传为笑谈。

例如有一次跑警报，一位新文学作家，早已很有名，也在联大任教，急着向某个方向走，他看见，正颜厉色地说：“你跑做什么！我跑，因为我炸死了，就不再有人讲《庄子》。”那位作家尊重他是前辈，没还言，躲开他，或者说，“桃之夭夭”了。

再是不只一次，他讲书，吴宓（号雨僧）也去听，坐在教室内最后一排。他仍是闭目讲，讲到自己认为独到的体会的时候，总是抬头张目向后排看，问道：“雨僧兄以为何如?”吴必照例起立，恭恭敬敬，一面点头一面答：“高见甚是，高见甚是。”惹得全场为之暗笑。

1945 年抗战胜利，西南联大合伙散伙，各自回各自的老窝，他因为已经不在联大，就没有跟回来。以后一直留在云南，在云南大学任教。有人说这是因为他舍不得云土（烟土，即鸦片）和云腿（火腿），并由此而获得“二云居士”的雅号，不知确否。这且不管它，我觉得遗憾的是不再听到他的“甚是”的“高见”，有时难免类似老成凋谢的怅惘。

十几年之后，他就真正凋谢了。

忆胡适之

张爱玲

我出来没穿大衣，里面暖气太热，只穿着件大挖领的夏衣，倒也一点都不冷，站久了只觉得风飕飕的。我也跟着向河上望过去微笑着，可是仿佛有一阵悲风，隔着十万八千里从时代的深处吹出来，吹得眼睛都睁不开。那是我最后一次看见适之先生。

一九五四年秋，我在香港寄了本《秧歌》给胡适先生，另写了封短信，没留底稿，大致是说希望这本书有点像他评《海上花》的“平淡而近自然”。收到的回信一直郑重收藏，但是这些年来搬家次数太多，终于遗失。幸而朋友代抄过一份，她还保存着，如下：

爱玲女士：

谢谢你十月二十五日的信和你的小说《秧歌》！

请你恕我这许久没给你写信。

你这本《秧歌》，我仔细看了两遍，我很高兴能看见这本很有文学价值的作品。你自己说的“有一点接近平淡而近自然的境界”，我认为你在这个方面已做到了很成功的地步！这本小说，从头到尾，写的是“饥饿”，——也许你曾想到用《饿》做书名，写的真好，真有“平淡而近自然”的细致工夫。

你写月香回家后的第一顿“稠粥”，已很动人了。后来加上一位从城市来忍不得饿的顾先生，你写他背人偷吃镇上带回来的东西的情形，真使我很佩服。我最佩服你写他出门去丢蛋壳和枣核的一段，和“从来没注意到（小麻饼）吃起来夸嗤夸嗤，响得那么厉害”一段。这几段也许还有人容易欣赏。下面写阿招挨打的一段，我怕读者也许不见得一读就能了解了。

你写人情，也很细致，也能做到“平淡而近自然”的境界。如131—132页写的那条棉被，如175、189页写的那件棉袄，都是很成功的。189页写棉袄的一段真写得好，使我很感动。

“平淡而近自然的境界”是很难得一般读者的赏识的。《海上花》就是一个久被埋没的好例子。你这本小说出版后，得到什么评论？我很想知道一二。

你的英文本，将来我一定特别留意。

中文本可否请你多寄两三本来，我要介绍给一些朋友看看。

书中160页“他爹今年八十了，我都八十一了”，与205页的“六十八喽”相差太远，似是小误。76页“在被窝里点着蜡烛”，似乎也可删。

以上说的话，是一个不曾做文艺创作的人的胡说，请你不要见笑。我读了你的十月的信上说的“很久以前我读你写的《醒世姻缘》与《海上花》的考证，印象非常深，后来找了这两部小说来看，这些年来，前后不知看了多少遍，自已以为得到了不少益处。”——我读了这几句话，又读了你的小说，我真很感觉高兴！如果我提倡这两部小说的效果单止产生了你这一本《秧歌》，我也应该十分满意了。

你在这本小说之前，还写了些什么书？如方便时，我很想看看。

匆匆敬祝平安

胡适敬上

一九五五、一、廿五

（旧历元旦后一日）

适之先生的加圈似是两用的，有时候是好句子加圈，有时候是语气加重，像西方文字下面加杠子。讲到加杠子，二〇、三〇年代的标点，起初都是人地名左侧加一行直线，很醒目，不知道后来为什么废除了，我一直惋惜。又不像别国文字可以大写。这封信上仍旧是月香。书名是左侧加一行曲线，后来通用引语号。适之先生用了引语号，后来又忘了，仍用一行曲线。在我看来都是“五四”那时代的痕迹，“不胜低回”。

我第二封信的底稿也交那位朋友收着，所以侥幸还在：

适之先生：

收到您的信，真高兴到极点，实在是非常大的荣幸。最使我感谢的是您把《秧歌》看得那样仔细，您指出76页叙沙明往事那一段可删，确是应当删。那整个的一章是勉强添补出来的。至于为什么要添，那原因说起来很复杂。最初我也就是因为《秧歌》这故事太平淡，不合我国读者的口味——尤其是东南亚的读者——所以发奋要用英文写它。这对于我是加倍的困难，因为以前从来没有用英文写过东西，所以着实下了一番苦功。写完之后，只有现在的三分之二。寄去给代理人，嫌太短，认为这么短的长篇小说没有人肯出版。所以我又添出第一二两章（原文是从第三章月香回乡开始的)，叙王同志过去历史的一章，杀猪的一章。最后一章后来也补写过，译成中文的时候没来得及加进去。

160页谭大娘自称八十一岁，205页又说她六十八岁，那是因为她向兵士哀告的时候信口胡说，也就像叫化子总是说“家里有八十岁老娘”一样。我应当在书中解释一下的。

您问起这里的批评界对《秧歌》的反应。有过两篇批评，都是由反共方面着眼，对于故事本身并不怎样注意。我寄了五本《科歌》来。别的作品我本来不想寄来的，因为实在是坏——绝对不是客气话，实在是坏。但是您既然问起，我还是寄了来，您随便翻翻，看不下去就丢下。一本小说集，是十年前写的，去年在香港再版。散文集《流言》也是以前写的，我这次离开上海的时候很匆促，一本也没带，这是香港的盗印本，印得非常恶劣。还有一本《赤地之恋》，是在《秧歌》以后写的，因为要顾到东南亚一般读者的兴味，自己很不满意。而销路虽然不像《秧歌》那样惨，也并不见得好。我发现迁就的事情往往是这样。

《醒世姻缘》和《海上花》一个写得浓，一个写得淡，但是同样是最好的写实的作品。我常常替它们不平，总觉得它们应当是世界名著。《海上花》虽然不是没有缺陷的，像《红楼梦》没有写完也未始不是一个缺陷。缺陷的性质虽然不同，但无论如何，都不是完整的作品。我一直有一个志愿，希望将来能把《海上花》和《醒世姻缘》译成英文。里面对白的语气非常难译，但是也并不是绝对不能译的。我本来不想在这里提起的，因为您或者会担忧，觉得我把事情看得太容易了，会糟蹋了原著。但是我不过是有这样一个愿望，眼前我还是想多写一点东西。如果有一天我真打算实行的话，一定会先译半回寄了来，让您看行不行。

祝近好

张爱玲二月廿日

同年十一月，我到纽约不久，就去见适之先生，跟一个锡兰朋友炎樱一同去。那条街上一排白色水泥方块房子，门洞里现出楼梯，完全是港式公寓房子，那天下午晒着太阳，我都有点恍惚起来，仿佛还在香港。上了楼，室内陈设也看着眼熟得很。适之先生穿着长袍子。他太太带点安徽口音，我听着更觉得熟悉。她端丽的圆脸上看得出当年的模样，两手交握着站在当地，态度有点生涩，我想她也许有些地方永远是适之先生的学生。使我立刻想起读到的关于他们是旧式婚姻罕有的幸福的例子。他们俩都很喜欢炎樱，问她是哪里人。

她用国语回答，不过她离开上海久了，不大会说了，喝着玻璃杯里泡着的绿茶，我还没进门就有的时空交叠的感觉更浓了。我看的《胡适文存》是在我父亲窗下的书桌上，与较不像样的书并列。他的《歇浦潮》《人心大变》《海外缤纷录》我一本本拖出去看，《胡适文存》则是坐在书桌前看的。《海上花》似乎是我父亲看了胡适的考证去买来的。

《醒世姻缘》是我破例要了四块钱去买的。买回来看我弟弟拿着舍不得放手，我又忽然一慷慨，给他先看第一二本，自已从第三本看起，因为读了考证，大致已经有点知道了。好几年后，在港战中当防空员，驻扎在冯平山图书馆，发现有一部《醒世姻缘》，马上得其所哉，一连几天看得抬不起头来。房顶上装着高射炮，成为轰炸目标，一颗颗炸弹轰然落下来，越落越近。我只想着：至少等我看完了吧。

我姑姑有个时期跟我父亲借书看，后来兄妹闹翻了不来往，我父亲有一次扭怩的笑着咕噜了一声：“你姑姑有两本书还没还我。”我姑姑也有一次有点不好意思的说：“这本《胡适文存》还是他的。”还有一本萧伯纳的《圣女贞德》，德国出版的，她很喜欢那米色的袖珍本，说：“他这套书倒是好。”她和我母亲跟胡适先生同桌打过牌。战后报上登着胡适回国的照片，不记得是下飞机还是下船，笑容满面，笑得像个猫脸的小孩，打着个大圆点的蝴蝶式领结，她看着笑了起来说，“胡适之这样年轻！”

那天我跟炎樱去过以后，炎樱去打听了来，对我说：“喂，你那位胡博士不大有人知道，没有林语堂出名。”我屡次发现外国人不了解现代中国的时候，往往是因为不知道五四运动的影响。因为五四运动是对内的，对外只限于输入。我觉得不但我们这一代与上一代，就连大陆上的下一代，尽管反胡适的时候许多青年已经不知道在反些什么，我想只要有心理学家荣（Jung）所谓民族回忆这样东西，像“五四”这样的经验是忘不了的，无论湮没多久也还是在思想背景里。荣与弗洛伊德齐名。不免联想到弗洛伊德研究出来的，摩西是被以色列人杀死的。事后他们自己讳言，年代久了又倒过来仍旧信奉他。

我后来又去看过胡适先生一次，在书房里坐，整个一道墙上一溜书架，虽然也很简单，似乎是定制的，几乎高齐屋顶，但是没搁书，全是一叠叠的文件夹子，多数乱糟糟露出一截子纸。整理起来需要的时间心力，使我一看见就心悸。

跟适之先生谈，我确是如对神明。较具体的说，是像写东西的时候停下来望着窗外一片空白的天，只想较近真实。适之先生讲起大陆，说“纯粹是军事征服”。我顿了顿没有回答，因为自从一九三几年起看书，就感到左派的压力，虽然本能的起反感，而且像一切潮流一样，我永远是在外面的，但是我知道它的影响不止于像西方的左派只限一九三〇年代。我一默然，适之先生立刻把脸一沉，换个话题。我只记得自已太不会说话，因而梗梗于心的这两段。他还说：“你要看书可以到哥伦比亚图书馆去，那儿书很多。”我不由得笑了。那时候我虽然经常的到市立图书馆借书，还没有到大图书馆查书的习惯，更不必说观光。适之先生一看，马上就又说到别处去了。

他讲他父亲认识我的祖父，似乎是我祖父帮过他父亲一个小忙。我连这段小故事都不记得，仿佛太荒唐。原因是我们家里从来不提祖父。有时候听我父亲跟客人谈“我们老太爷”，总是牵涉许多人名，不知道当时的政局就跟不上，听不了两句就听不下去了。我看了《孽海花》才感到兴趣起来，一问我父亲，完全否认。后来又听见他跟个亲戚高谈阔论，辩明不可能在签押房撞见东翁的女儿，那首诗也不是她做的。我觉得那不过是细节。过天再问他关于祖父别的事，他悻悻然说：“都在爷爷的集子里，自己去看好了！”我到书房去请老师给我找了出来，搬到饭厅去一个人看。典故既多，人名无数，书信又都是些家常话。几套线装书看得头昏脑胀，也看不出幕后事情。又不好意思去问老师，仿佛喜欢讲家世似的。

祖父死的时候我姑姑还小，什么都不知道，而且微窘的笑着问:“怎么想起来问这些?”因为不应当跟小孩子们讲这些话，不民主。我几下子一碰壁，大概养成了个心理错综，一看到关于祖父的野史就马上记得，一归入正史就毫无印象。

适之先生也提到不久以前在书摊上看到我祖父的全集，没有买。又说正在给《外交》杂志（“Foreign Affairs”）写篇文章，有点不好意思的笑了笑，说:“他们这里都要改的。”我后来想看看《外交》逐期的目录，看有没有登出来，工作忙，也没看。

感恩节那天，我跟炎樱到一个美国女人家里吃饭，人很多，一顿烤鸭子吃到天黑，走出来满街灯火橱窗，新寒暴冷，深灰色的街道特别干净，霓虹灯也特别晶莹可爱，完全像上海。我非常快乐，但是吹了风回去就呕吐。刚巧胡适先生打电话来，约我跟他们吃中国馆子。我告诉他刚吃了回声吐了，他也就算了，本来是因为感恩节，怕我一个人寂寞。其实我哪过什么感恩节。

炎樱有认识的人住过一个职业女宿舍，我也就搬了去住。是救世军办的，救世军是出名救济贫民的，谁听见了都会骇笑，就连住在那里的女孩子们提起来也都讪讪的嗤笑着。唯有年龄限制，也有几位胖太太，大概与教会有关系的，似乎打算在此终老的了。管事的老姑娘都称中尉、少校。餐厅里代斟咖啡的是醉倒在鲍艾里（The Bowery）的流浪汉，她们暂时收容的，都是酒鬼，有个小老头子，蓝眼睛白镑镑的，有气无力靠在咖啡炉上站着。

有一天胡适先生来看我，请他到客厅去坐，里面黑洞洞的，足有个学校礼堂那么大，还有个讲台，台上有钢琴，台下空空落落放着些旧沙发。没什么人，干事们鼓励大家每天去喝下午茶，谁也不肯去。我也是第一次进去，看着只好无可奈何的笑。但是适之先生直赞这地方很好。我心里想，还是我们中国人有涵养。坐了一会出来，他一路四面看着，仍旧满口说好，不像是敷衍话。也许是觉得我没有虚荣心。我当时也没有琢磨出来，只马上想起他写的他在美国的学生时代，有一天晚上去参加复兴会教派篝火晚会的情形。

我送到大门外，在台阶上站着说话。天冷，风大，隔着条街从赫贞江上吹来。适之先生望着街口露出的一角空镑的灰色河面，河上有雾，不知道怎么笑眯眯的老是望着，看怔住了。他围巾裹得严严的，脖子缩在半旧的黑大衣里，厚实的肩背，头脸相当大，整个凝成一座古铜半身像。我忽然一阵凛然，想着：原来是真像人家说的那样。而我向来相信凡是偶像都有“粘土脚”，否则就站不住，不可信。我出来没穿大衣，里面暖气太热，只穿着件大挖领的夏衣，倒也一点都不冷，站久了只觉得风飕飕的。我也跟着向河上望过去微笑着，可是仿佛有一阵悲风，隔着十万八千里从时代的深处吹出来，吹得眼睛都睁不开。那是我最后一次看见适之先生。

我二月里搬到纽英伦去，几年不通消息。一九五八年，我申请到南加州亨享屯·哈特福基金会去住半年，那是AP超级市场后裔办的一个艺文作场，是海边山谷里一个魅丽的地方，前年关了门，报上说蚀掉五十万。我写信请适之先生作保，他答应了，顺便把我三四年前送他的那本《秧歌》寄还给我，经他通篇圈点过，又在扉页上题字。我看了实在震动，感激得说不出话来，写都无法写。

写了封短信去道谢后，不记得什么时候读到胡适返台消息。又隔了好些时，看到噩耗，只惘惘的。是因为本来已经是历史上的人物？我当时不过想着，在宴会上演讲后突然逝世，也就是从前所谓无疾而终，是真有福气。以他的为人，也是应当的。

直到去年我想译《海上花》，早几年不但可以请适之先生帮忙介绍，而且我想他会感到高兴的，这才真正觉得适之先生不在了。往往一想起来眼睛背后一阵热，眼泪也流不出来。要不是现在有机会译这本书，根本也不会写这篇东西，因为那种怆惶与恐怖太大了，想都不愿意朝上面想。

译《海上花》最明显的理由似是跳掉吴语的障碍，其实，吴语对白也许并不是它不为读者接受最大的原因。亚东版附有几页字典，我最初看这部书的时候完全不懂上海话，并不费力。但是一九三五年的亚东版也像一八九四年的原版一样绝版了。大概还是兴趣关系，太欠传奇化，不sentimental（英语，意为感伤的）。英美读者也有他们的偏好，不过他们批评家的影响较大，看书的人多，比较容易遇见识者。十九世纪英国作家乔治·包柔（George Borrow）的小说不大有人知道——我也看不进去——但是迄今美国常常有人讲起来都是乔治·包柔迷，彼此都欣然。

要是告诉他们中国过去在小说上的成就不下于绘画瓷器，谁也会露出不相信的神气。要说中国诗，还有点莫测高深。有人说诗是不能译的。小说只有本《红楼梦》是代表作，没有较天真的民间文学成份。《红楼梦》他们大都只看个故事轮廓，大部分是高鹗的，大家庭三角恋爱，也很平常。要给它应得的国际地位，只有把它当作一件残缺的艺术品，去掉后四十回，可能加上原著结局的考证。我十二三岁的时候第一次看，是石印本，看到八十一回“四美钓游鱼”，忽然天日无光，百样无味起来，此后完全是另一个世界。最奇怪的是宝黛见面一场之僵，连他们自己都觉得满不是味。许多年后才知道是别人代续的，可以同情作者之如芒刺在背，找到些借口，解释他们态度为什么变了，又匆匆结束了那场谈话。等到宝玉疯了就好办了。那时候我怎么着也想不到是另一个人写的，只晓得宁可翻到前面，看我跳掉的做诗行令部分。

在美国有些人一听见《海上花》是一八九四年出版的，都一怔，说：“这么晚……差不多是新文艺了嘛！”也像买古董一样讲究年份。《海上花》其实是旧小说发展到极端，最典型的一部。作者最自负的结构，倒是与西方小说共同的。特点是极度经济，读着像剧本，只有对白与少量动作。暗写、白描，又都轻描淡写不落痕迹，织成一般人的生活的质地，粗疏、灰扑扑的，许多事“当时浑不觉”。所以题材虽然是八十年前的上海妓家，并无艳异之感，在我所有看过的书里最有日常生活的况味。

胡适先生的考证指出这本书的毛病在中段名士、美人大会一笠园。我想作者不光是为了插入他自己得意的诗文酒令，也是表示他也会写大观园似的气象。凡是好的社会小说家——社会小说后来沦为黑幕小说，也许应当照 **novel of manners** 评为“生活方式小说”——能体会到各阶层的口吻行事微妙的差别，是对这些地方特别敏感，所以有时候阶级观念特深，也就是有点势利。作者对财势滔天的齐韵叟与齐府的清官另眼看待，写得他们处处高人一等，而失了真。

管事的小赞这人物，除了为了插入一首菊花诗，也是像“诗婢”，间接写他家的富贵风流。此外只有第五十三回齐韵叟撞见小赞在园中与人私会，没看清楚是谁。回目上点明是一对情侣，而从此没有下文，只在跋上提起将来“小赞小青挟资远遁”，才知道是齐韵叟所眷妓女苏冠香的婢女小青。丫头跟来跟去，不过是个名字而已，未免写得太不够。作者用藏闪法，屡次借回目点醒，含蓄都有分寸，扣得极准，这是唯一的失败的例子。我的译本删去几回，这一节也在内，都仍旧照原来的纹路补缀起来。

像赵二宝那样的女孩子太多了，为了贪玩、好胜而堕落。而她仍旧成为一个高级悲剧人物。窝囊的王莲生受尽沈小红的气，终于为了她姘戏子而断了，又不争气，有一个时期还是回到她那里。而最后飘逸的一笔，还是把这回事提高到恋梦破灭的境界。作者尽管世俗，这种地方他的观点在时代与民族之外，完全是现代的，世界性的，这在旧小说里实在难得。

但是就连自古以来崇尚简略的中国，也还没有像他这样简无可简，跟西方小说的传统刚巧背道而驰。他们向来是解释不厌其详的，《海上花》许多人整天荡来荡去，面目模糊，名字译成英文后，连性别都看不出，才摸熟了倒又换了一批人。我们“三字经”式的名字他们连看几个立刻头晕眼花起来，不比我们自己看着，文字本身在视觉上有色彩。他们又没看惯夹缝文章，有时候简直需要个金圣叹逐句夹评夹注。

中国读者已经摒弃过两次的东西，他们能接受？这件工作我一面做着，不免面对着这些问题，也老是感觉着，适之先生不在了。

我看苏青

张爱玲

苏青是乱世里的盛世的人。她本心是忠厚的，她愿意有所依附；只要有个千年不散的筵席，叫她像《红楼梦》里的孙媳妇那样辛苦地在旁边照应着，招呼人家吃菜，她也可以忙得兴兴头头。

苏青与我，不是像一般人所想的那样密切的朋友，我们其实很少见面。也不是像有些人可以想象到的，互相敌视着。同行相妒，似乎是不可避免的，何况都是女人——所有的女人都是同行。可是我想这里有点特殊情形。即使从纯粹自私的观点看来，我也愿意有苏青这么一个人存在，愿意她多写，愿意有许多人知道她的好处，因为，低估了苏青的文章的价值，就是低估了现地的文化水准。如果必需把女作者特别分作一栏来评论的话，那么，把我同冰心、白薇她们来比较，我实在不能引以为荣，只有和苏青相提并论我是甘心情愿的。

至于私交，如果说她同我不过是业务上的关系，她敷衍我，为了拉稿子，我敷衍她，为了要稿费，那也许是较近事实的，可是我总觉得，也不能说一点感情也没有。我想我喜欢她过于她喜欢我，是因为我知道她比较深的缘故。那并不是因为她比较容易懂。普通认为她的个性是非常明朗的，她的话既多，又都是直说，可是她并不是一个清浅到一览无余的人。人可以不懂她好在哪里而仍旧喜欢同她做朋友，正如她的书可以有许多不大懂它的好处的读者。许多人，对于文艺本来不感到兴趣的，也要买一本《结婚十年》看看里面可有大段的性生活描写。我想他们多少有一点失望，但仍然也可以找到一些笑骂的资料。大众用这样的态度来接受《结婚十年》，其实也无损于《结婚十年》的价值。在过去，大众接受了《红楼梦》，又有几个不是因为单恋着林妹妹或是宝哥哥，或是喜欢里面的富贵排场？就连《红楼梦》大家也还恨不得把结局给修改一下，方才心满意足。完全贴近大众的心，甚至于就像从他们心里生长出来的，同时又是高等的艺术，那样的东西，不是没有，例如有些老戏，有些民间故事，源久流长的；造形艺术一方面的例子尤其多。可是没法子拿这个来做创作的标准。迎合大众，或者可以左右他们一时的爱憎，然而不能持久。而且存心迎合，根本就写不出苏青那样的真情实意的书。

而且无论怎么说，苏青的书能够多销，能够赚钱，文人能够救济自己，免得等人来救济，岂不是很好的事么？

我认为《结婚十年》比《浣锦集》要差一点。苏青最好的时候能够做到一种“天涯若比邻”的广大亲切，唤醒了往古来今无所不在的妻性母性的回忆，个个人都熟悉，而容易忽略的。实在是伟大的。她就是“女人”，“女人”就是她。(但是我忽然想到有一点：从前她进行离婚，初出来找事的时候，她的处境是最确切地代表了一般女人。而她现在的地位是很特别的，女作家的生活环境与普通的职业女性，女职员女教师，大不相同，苏青四周的那些人也有一种特殊的习气，不能代表一般男人。而苏青的观察态度向来是非常的主观，直接，所以，虽然这是一切职业文人的危机，我格外的为苏青虑到这一点。）也有两篇她写得太潦草，我读了，仿佛是走进一个旧识的房间，还是那些摆设，可是主人不在家，心里很惆怅。有人批评她的技巧不够，其实她的技巧正在那不知不觉中，喜欢花哨的稚气些的作者读者是不能领略的。人家拿艺术的大帽子去压她，她只有生气，渐渐的也会心虚起来，因为她自己也不知其所以然。她是眼低手高的。可是这些以后再谈吧，现在且说她的人。她这样问过我：“怎么你小说里从来没有一个人像我的？我一直留心着，总找不到。”

我平常看人，很容易把人家看扁了，扁的小纸人，放在书里比较便利。“看扁了”不一定发现人家的短处，不过是将立体化为平面的意思，就像一枝花的黑影在粉墙上，已经画好了在那里，只等用黑笔勾一勾。因为是写小说的人，我想这是我的本分，把人生的来龙去脉看得很清楚。如果原先有憎恶的心，看明白之后，也只有哀矜。眼中所见，有些天资很高的人，分明在哪里走错了一步，后来怎么样也不行了，因为整个的人生态度的关系，就坏也坏得鬼鬼祟祟。有的也不是坏，只是没出息，不干净，不愉快。我书里多的是这等人，因为他们最能够代表现社会的空气，同时也比较容易写。从前人说“画鬼怪易，画人物难”，似乎倒是圣贤豪杰恶魔妖妇之类的奇迹比较普通人容易表现，但那是写实工夫深浅的问题。写实工夫进步到托尔斯泰那样的程度，他的小说里却是一班小人物写得最成功，伟大的中心人物总来得模糊，隐隐地有不足的感觉。次一等的作家更不必说了，总把他们的好人写得最坏。所以我想，还是慢慢地一步一步来吧，等我多一点自信再尝试。

我写到的那些人，他们有什么不好我都能够原谅，有时候还有喜受，就因为他们存在，他们是真的。可是在日常生活里碰见他们，因为我的幼稚无能，我知道我同他们混在一起，得不到什么好处的，如果必需有接触，也是斤斤较量，没有一点容让，总要个恩怨分明。但是像苏青，即使她有什么地方得罪我，我也不会记恨的。——并不是因为她是个女人。她起初写给我的索稿信，一来就说“叨在同性”，我看了总要笑。——也不是因为她豪爽大方，不像女人。第一，我不喜欢男性化的女人，而且根本，苏青也不是男性化的女人。女人的弱点她都有，她很容易就哭了，多心了，也常常不讲理。譬如说，前两天的对谈会里，一开头，她发表了一段意见关于妇女职业。“记者”方面的人提出了一个问题，说：“可是……”她凝思了一会，脸色慢慢地红起来，忽然有一点生气，说：“我又不是同你对谈——要你驳我做什么?”大家哄然笑了，她也笑。我觉得这是非常可爱的。

即使在她的写作里，她也没有过人的理性。她的理性不过是常识——虽然常识也正是难得的东西。她与她丈夫之间，起初或者有负气，得到离婚的一步，却是心平气和，把事情看得非常明白简单。她丈夫并不坏，不过就是个少爷。如果能够一辈子在家里做少爷少奶奶，他们的关系是可以维持下去的。然而背后的社会制度的崩坏，暴露了他的不负责。他不能养家，他的自尊心又限制了她职业上的发展。而苏青的脾气又是这样，即使委曲求全也弄不好的了。只有分开。这使我想起我自己，从父亲家里跑出来之前，我母亲秘密传话给我：“你仔细想一想。跟父亲，自然是有钱的，跟了我，可是一个钱都没有，你要吃得了这个苦，没有反悔的。”当时虽然被禁锢着，渴想着自由，这样的问题也还使我痛苦了许久。后来我想，在家里，尽管满眼看到的是银钱进出，也不是我的，将来也不一定轮得到我，最吃重的最后几年的求学的年龄反倒被耽搁了。这样一想，立刻决定了。这样的出走没有一点慷慨激昂。我们这时代本来不是罗曼蒂克的。

生在现在，要继续活下去而且活得称心，真是难，就像“双手擘开生死路”那样的艰难巨大的事，所以我们这一代的人对于物质生活，生命的本身，能够多一点明了与爱悦，也是应当的。而对于我，苏青就象征了物质生活。我将来想要一间中国风味的房，雪白的粉墙，金漆桌椅，大红椅垫，桌上放着豆绿糯米瓷的茶碗，堆得高高的一盆糕团，每一只上面点着个胭脂点。中国的房屋有所谓“一明两暗”，这当然是明间。这里就有一点苏青的空气。

这篇文章本来是关于苏青的，却把我自己说上许多，实在对不起得很，但是有好些需要解释的地方，我只能由我自己出发来解释。说到物质，与奢侈享受似乎是不可分开的。可是我觉得，刺激性的享乐，如同浴缸里浅浅地放了水，坐在里面，热气上腾，也感到昏蒙的愉快，然而终究浅，就使躺下去，也没法子淹没全身，思想复杂一点的人，再荒唐，也难求得整个的沉湎。也许我见识得不够多，可以这样想。

我对于声色犬马最初的一个印象，是小时候有一次，在姑姑家里借宿，她晚上有宴会，出去了，剩我一个人在公寓里，对门的逸园跑狗场，红灯绿灯。数不尽的一点一点，黑夜里，狗的吠声似沸，听得人心里乱乱地。街上过去一辆汽车，雪亮的车灯照到楼窗里来，黑房里家具的影子满房跳舞，直飞到房顶上。

久已忘记了这一节了。前些时有一次较紧张的空袭，我们经济力量够不上逃难（因为逃难不是一时的事，却是要久久耽搁在无事可做的地方)，轰炸倒是听天由命了，可是万一长期地断了水，也不能不设法离开这城市。我忽然记起了那红绿灯的繁华，云里雾里的狗的狂吠。我又是一个人坐在黑房里，没有电，瓷缸里点了一只白蜡烛，黄瓷缸上凸出绿的小云龙，静静含着圆光不吐。全上海死寂，只听见房间里一只钟滴搭滴搭走。蜡烛放在热水汀上的一块玻璃板上，隐约的照见热水汀管子的扑落，扑落上一个小箭头指着“开”，另一个小箭头指着“关”，恍如隔世。今天的一份小报还是照常送来的，拿在手里，有一种奇异的感觉，是亲切，伤恸。就着烛光，吃力地读着，什么郎什么翁，用我们熟悉的语调说着俏皮话，关于大饼、白报纸、暴发户，慨叹着回忆到从前，三块钱叫堂差的黄金时代。这一切，在着的时候也不曾为我所有，可是眼看它毁坏，还是难过的——对于千千万万的城里人，别的也没有什么了呀!

一只钟滴搭滴搭，越走越响。将来也许整个的地面上见不到一只时辰钟。夜晚投宿到荒村，如果忽然听见钟摆的滴搭，那一定又惊又喜——文明的节拍！文明的日子是一分一秒划分清楚的，如同十字布上挑花。十字布上挑花，我并不喜欢，绣出来的也有小狗，也有人，都是一曲一曲，一格一格，看了很不舒服。蛮荒的日夜，没有钟，只是悠悠地日以继夜，夜以继日，日子过得像钧窑的淡青底子上的紫晕，那倒也好。

我于是想到我自己，也是充满了计划的。在香港读书的时候，我真的发奋用功了，连得了两个奖学金，毕业之后还有希望被送到英国去。我能够揣摩每一个教授的心思，所以每一样功课总是考第一。有一个先生说他教了十几年的书，没给过他给我的分数。然后战争来了，学校的文件记录统统烧掉，一点痕迹都没留下。那一类的努力，即使有成就，也是注定了要被打翻的吧？在那边三年，于我有益的也许还是偷空的游山玩水，认为是糟蹋时间。我一个人坐着，守着蜡烛，想到从前，想到现在，近两年来孜孜忙着的，是不是也是注定了要被打翻的……我应当有数。

后来看到《天地》，知道苏青在同一晚上也感到非常难过。然而这么日似的一天终于过去了。一天又一天。清晨躺在床上，听见隔壁房里嗤嗤嗤拉窗帘的声音；后门口，不知哪一家的男佣人在同我们阿妈说话，只听见嗡嗡的高声，不知说些什么，听了那声音，使我更觉得我是深深睡在被窝里，外面的屋瓦上应当有白的霜——其实屋上的霜，还是小时候在北方，一早起来常常见到的，上海难得有——我向来喜欢不把窗帘拉上，一睁眼就可以看见白天。即使明知道这天不会有什么事发生的，这堂堂的开头也可爱。

到了晚上，我坐在火盆边，就要去睡觉了，把炭基子戳戳碎，可以有非常温暖的一刹那；炭屑发出很大的热气，星星红火，散布在高高下下的灰堆里，像山城的元夜，放的烟火，不由得使人想起唐宋的灯市的记载。可是我真可笑，用铁钳夹住火杨梅似的红炭基，只是舍不得弄碎它。碎了之后，灿烂地大烧一下就没有了。虽然我马上就要去睡了，再烧下去于我也无益，但还是非常心痛。这一种吝惜，我倒是很喜欢的。

我有一件蓝绿的薄棉袍，已经穿得很旧，袖口都泛了色了，今年拿出来，才上身，又脱了下来，唯其因为就快坏了，更是看重它，总要等再有一件同样的颜色的，才舍得穿。吃菜我也不讲究换花样。才夹了一筷子，说：“好吃,”接下去就说:“明天再买,好么?”永远蝉联下去,也不会厌。姑姑总是嘲笑我这一点,又说:“不过,不知道,也许你们这种脾气是载福的。”

我做了个梦,梦见我又到香港去了,船到的时候是深夜,而且下大雨。我狼狈的拎着箱子上山,管理宿舍的天主教尼僧,我又不敢惊醒她们,只得在黑漆漆的门洞子里过夜。(也不知为什么我要把自己刻划得这么可怜,她们何至于这样地苛待我。)风向一变,冷雨大点大点扫进来,我把一双脚直缩直缩,还是没处躲。忽然听见汽车喇叭响,来了阔客,一个施主太太带了女儿,才考进大学,以后要住读的。汽车夫砰砰拍门,宿舍里顿时灯火辉煌。我趁乱向里一钻,看见舍监,我像见晚娘似的,陪笑上前称了一声“Sister”。她淡淡地点了点头,说:“你也来了?”我也没有多寒暄,径自上楼,找到自己的房间,梦到这里为止。第二天我告诉姑姑,一面说,渐渐涨红了脸,满眼含泪;后来在电话上告诉一个朋友,又哭了;在一封信里提到这个梦,写到这里又哭了。简直可笑——我自从长大自立之后实在难得掉眼泪的。

我对姑姑说:“姑姑虽然经过的事很多,这一类的经验却是没有的,没做过穷学生,穷亲戚。其实我在香港的时候也不至于窘到那样,都是我那班同学太阔了的缘故。”姑姑说:“你什么时候做过穷亲戚的?”我说:“我最记得有一次,那时我刚离开父亲家不久,舅母说,等她翻箱子的时候她要把表姐们的旧衣服找点出来给我穿。我连忙说:‘不,不,真的,舅母不要!’立刻红了脸,眼泪滚下来了,我不由得要想:从几时起,轮到我被周济了呢。”

真是小气得很,把这些都记得这样牢,但我想于我也是好的。多少总受了点伤,可是不太严重,不够使我感到剧烈的憎恶,或是使我激越起来,超过这一切;只够使我生活得比较切实,有个写实的底子;使我对于眼前所有格外知道爱惜,使这世界显得更丰富。

想到贫穷,我就想起有一次,也是我投奔到母亲与姑姑那里,时刻感到我不该拖累了她们,对于前途又没有一点把握的时候。姑姑那一向心境也不好,可是有一天忽然高兴,因为我想吃包子,用现成的芝麻酱作馅,捏了四只小小的包子,蒸了出来。包子上面皱着,看了它,使我的心也皱了起来,一把抓似的,喉咙里一阵阵哽咽着,东西吃了下去也不知有什么滋味。好像我还是笑着说“好吃”的。这件事我不忍想起,又愿意想起。

看苏青文章里的记录,她有一个时期的困苦的情形虽然与我不同,感情上受影响的程度我想是与我相仿的。所以我们都是非常明显地有着世俗的进取心，对于钱，比一般文人要爽直得多。我们的生活方式有很多不同的地方，但那是个性的关系。

姑姑常常说我：“不知道你从哪里来的这一身俗骨!”她把我父母分析了一下，他们纵有缺点，好像都还不俗。有时候我疑心我的俗不过是避嫌疑，怕沾上了名士派；有时候又觉得是天生的俗。我自己为《倾城之恋》的戏写了篇宣传稿子，拟题目的时候，脑子里第一个浮起的是：“倾心吐胆话倾城”，套的是“苜蓿生涯话廿年”之类的题目，有一句非常时髦的，可是被我一学，就俗不可耐。

苏青是——她家门口的两棵高高的柳树，初春抽出了淡金的丝，谁都说：“你们那儿的杨柳真好看!”她走出走进，从来就没看见。可是她的俗，常常有一种无意的隽逸，譬如今年过年之前，她一时钱不凑手，性急慌忙在大雪中坐了辆黄包车，载了一车的书，各处兜售，书又掉下来了，《结婚十年》龙凤贴式的封面纷纷滚在雪地里，那是一幅上品的图画。

对于苏青的穿着打扮，从前我常常有许多意见，现在我能够懂得她的观点了。对于她，一件考究衣服就是一件考究衣服；于她自己，是得用；于众人，是表示她的身份地位，对于她立意要吸引的人，是吸引。苏青的作风里极少“玩味人间”的成份。

去年秋天她做了件黑呢大衣，试样子的时候，要炎樱帮着看看。我们三个人一同到那时装店去，炎樱说：“线条简单的于她最相宜。”把大衣上的翻领首先去掉，装饰性的褶裥也去掉，方形的大口袋也去掉，肩头过度的垫高也减掉。最后，前面的一排大钮扣也要去掉，改装暗钮。苏青渐渐不以为然了，用商量的口吻，说道“我想……钮扣总要的吧？人家都有的！没有，好像有点滑稽。”

我在旁边笑了起来，两手插在雨衣袋里，看着她。镜子上端的一盏灯，强烈的青绿的光正照在她脸上，下面衬着宽博的黑衣，背景也是影憧憧的，更显明地看见她的脸，有一点惨白。她难得有这样静静立着，端相她自己，虽然微笑着，因为从来没这么安静，一静下来就像有一种悲哀，那紧凑明倩之眉眼里有一种横了心的锋棱，使我想到“乱世佳人”。

苏青是乱世里的盛世的人。她本心是忠厚的，她愿意有所依附；只要有个千年不散的筵席，叫她像《红楼梦》里的孙媳妇那样辛苦地在旁边照应着，招呼人家吃菜，她也可以忙得兴兴头头。她的家族观念很重，对母亲，对弟妹，对伯父，她无不尽心帮助，出于她的责任范围之外。在这不可靠的世界里，要想抓住一点熟悉可靠的东西，那还是自己人。她疼小孩子也是因为“与其让人家占我的便宜，宁可让自己的孩子占我的便宜”。她的恋爱，也是要求可信赖的人，而不是寻求刺激。她应当是高等调情的理想对象，伶俐倜傥，有经验的，什么都说得出，看得开，可是她太认真了，她不能轻松，也许她自以为轻松的，可是她马上又会怪人家不负责。这是女人的矛盾么？我想，倒是因为她有着简单健康的底子的缘故。

高级调情的第一个条件是距离——并不一定指身体上的。保持距离，是保护自己的感情，免得受痛苦。应用到别的上面，这可以说是近代人的基本思想，结果生活得轻描淡写的，与生命之间也有了距离了。苏青在理论上往往不能跳出流行思想的圈子，可是以苏青来提倡距离，本来就是笑话、因为她是那样的一个兴兴轰轰火烧似的人，她没法子伸伸缩缩，寸步留心的。

我纯粹以写小说的态度对她加以推测，错误的地方一定很多，但我只能做到这样。

有一次我同炎樱说到苏青，炎樱说：“想她最大的吸引力是：男人总觉得他们不欠她什么，同她在一起很安心。”

然而苏青认为她就吃亏在这里。男人看得起她，把她当男人看待，凡事由她自己负责。她不愿意了。他们就说她自相矛盾，新式文人的自由她也要，旧式女人的权利她也要。这原是一般新女性的悲剧，可是苏青我们不能说她是自取其咎。她的豪爽是天生的。她不过是一个直截的女人，谋生之外也谋爱，可是很失望，因为她看来看去没有一个是看得上眼的，也有很笨的，照样地也坏。她又有她天真的一方面，很容易把人幻想得非常崇高，然后很快地又发现他卑劣之点，一次又一次，憧憬破灭了。

于是她说："没有爱。"微笑的眼睛里有一种藐视的风情。但是她的讽刺并不彻底，因为她对于人生有着太基本的爱好，她不能发展到刻骨的讽刺。

在中国现在，讽刺是容易讨好的。前一个时期，大家都是感伤的。充满了未成年人的梦与叹息，云里雾里，不大懂事。一旦懂事了，就看穿一切，进到讽刺。喜剧而非讽刺喜剧，就是没有意思，粉饰现实。本来，要把那些滥调的感伤清除干净，讽刺是必需的阶段，可是很容易停留在讽刺上，不知道在感伤之外还可以有感情。因为满眼看到的只是残缺不全的东西，就把这残缺不全认作真实：——性爱就是性行为；原始的人没有我们这些花头不也过得很好的么？是的，可是我们已经文明到这一步，再想退到兽的健康是不可能的了。从前在学校里被逼着念《圣经》，有一节，记不清了，仿佛是说，上帝的奴仆各自领了钱去做生意，拿得多的人，可以获得更多，拿得少的人，连那一点也不能保，上帝追还了钱，还责罚他。当时看了，非常不平。那意思实在很难懂，我想再这样多解释两句，也还怕说不清楚。总之，生命是残酷的。看到我们缩小又缩小的，怯怯的愿望，我总觉得无限的惨伤。

有一阵子，外间传说苏青与她离了婚的丈夫言归于好了。我一向不是爱管闲事的人，听了却是很担忧。后来知道完全是谣言，可是想起来也很近情理，她起初的结婚是一大半家里做主的，两人都是极年青，一同读书长大，她丈夫几乎是天生在那里，无可选择的，兄弟一样的自已人。如果处处觉得，“还是自已人!”那么对他也感到亲切了，何况他们本来没有太严重的合不来的地方。然而她的离婚不是赌气，是仔细想过来的。跑出来，在人间走了一遭，自已觉得无聊，又回去了，这样地否定了世界，否定了自已，苏青是受不了的。她会变得喑哑了，整个地消沉下去。所以我想，如果苏青另外有爱人。不论是为了片刻的热情还是经济上的帮助，总比回到她丈夫那里去的好。

然而她现在似乎是真的有一点疲倦了。事业、恋爱、小孩在身边，母亲在故乡的匪氛中，弟弟在内地生肺病，妹妹也有她的问题，许许多多牵挂。照她这样生命力强烈的人，其实就有再多的拖泥带水也不至于累倒了的，还是因为这些事太零碎，各自成块，缺少统一的感情的缘故。如果可以把恋爱隔开来作为生命的一部，一科，题作“恋爱”，那样的恋爱还是代用品吧？

苏青同我谈起她的理想生活。丈夫要有男子气概，不是小白脸，人是有架子的，即使官派一点也不妨，又还有点落拓不羁。他们住在自己的房子里，常常请客，来往的朋友都是谈得来的，女朋友当然也很多，不过都是年纪比她略大两岁，容貌比她略微差一点的，免得麻烦。丈夫的职业性质是常常要有短期的旅行的，那么家庭生活也不至于太刻板无变化。丈夫不在的时候她可以匀出时间来应酬女朋友（因为到底还是不放心）。偶尔生一场病，朋友都来慰问，带了吃的来，还有花，电话铃声不断。

绝对不是过分的要求，然而这里面的一种生活空气还是早两年的，现在已经没有了。当然不是说现在没有人住自已的小洋房，天天请客吃饭。——是那种安定的感情。要一个人为她制造整个的社会气氛，的确很难，但这是个性的问题。越是乱世，个性越是突出，人与人之间的差别是很大的。难当然是难找。如果感到时间逼促，那么，真的要说逼促，她的时间已经过去了——中国人嘴里的“花信年华”，不是已经有迟暮之感了吗？可是我从小看到的，仅有许多三四十岁的美妇人。《倾城之恋》里的白流苏，在我原来的想象中决不止三十岁，因为恐怕这一点不能为读者大众所接受，所以把她改成二十八岁。（恰巧与苏青同年，后来我发现）我见到的那些人，当然她们是保养得好，不像现代职业女性的劳苦。有一次我和朋友谈话之中研究出来一条道理。驻颜有术的女人总是（一）身体相当好，（二）生活安定，（三）心里不安定。因为不是死心塌地，所以时时注意到自己的体格容貌，知道当心。普通的确是如此。苏青现在是可以生活得很从容的，她的美又是最容易保持的那一种，有轮廓，有神气的。——这一节，都是惹人见笑的话，可是实在很要紧——有几个女人是为她灵魂的美而被爱。

我们家的女佣，男人是个不成器的裁缝。然而那一天空袭过后，我在昏夜的马路上遇见他，看他急急忙忙直奔我们的公寓，慰问老婆孩子，倒是感动人的。我把这个告诉苏青，她也说：“是的……”稍稍沉默了一下。逃难起来，她是只有她保护人，没有人保护她的，所以她近来特别地胆小，多幻想，一个惯坏了的小女孩在梦魇的黑暗里。她忽然地会说：“如果炸弹把我的眼睛炸坏了，以后写稿子还得嘴里念出来叫别人记，那多要命呢——”这不像她平常的为人。心境好一点的话，不论在什么样的患难中，她还是有一种生之烂漫。多遇见患难，于她只有好处；多一点枝枝节节，就多开一点花。

本来我想写一篇文章关于几个古美人，总是写不好。里面提到杨贵妃。杨贵妃一直到她死，三十八岁的时候，唐明皇的爱她，没有一点倦意。我想她决不是单靠着口才和一点狡智，也不是因为她是中国历史上唯一的一个具有肉体美的女人，还是因为她的为人的亲热，热闹。有了钱，就有热闹，这是很普遍的一个错误的观念。帝王家的富贵，天宝年间的灯节，火树银花，唐明皇与妃嫔坐在楼上像神仙，百姓人山人海在楼下参拜；皇亲国戚攒珠嵌宝的车子，路人向里窥探了一下，身上沾的香气经月不散；生活在那样迷离惝恍的戏台上的辉煌里，越是需要一个着实的亲人。所以唐明皇喜欢杨贵妃，因为她有他是一个妻而不是“臣妾”。我们看杨妃梅妃争宠的经过，杨妃几次和皇帝吵翻了，被逐，回到娘家去，简直是“本埠新闻”里的故事，与历代宫闱的阴谋，诡秘森惨的，大不相同。也就是这种地方，使他们亲近人生，使我们千载之下还能够亲近他们。

杨贵妃的热闹，我想是像一种陶瓷的汤壶，温润如玉的，在脚头，里面的水渐渐冷去的时候，令人感到温柔的惆怅。苏青却是个红泥小火炉，有它自己独立的火，看得见红焰焰的光，听得见哔栗剥落的爆炸，可是比较难伺候，添煤添柴，烟气呛人。我又想起胡金人的一幅画，画着个老女仆，伸手向火。惨淡的隆冬的色调，灰褐、紫褐。她弯腰坐着，庞大的人把小小的火炉四面八方包围起来，围裙底下，她身上各处都发出凄凄的冷气，就像要把火炉吹灭了。由此我想到苏青。整个的社会到苏青那里去取暖，扑出一阵阵的冷风——真是寒冷的天气呀，从来没这么冷过！

所以我同苏青谈话，到后来常常有点恋恋不舍的。为什么这样，以前我一直不明白。她可是要抱怨：“你是一句爽气话也没有的！甚至于我说出话来你都不一定立刻听得懂。”那一半是因为方言的关系，但我也实在是迟钝。我抱歉地笑着说：“我是这样的一个人，有什么办法呢？可是你知道，只要有多一点的时间，随便你说什么我都能够懂得的。”她说：“是的，我知道……你能够完全懂得的。不过，女朋友至多只能够懂得，要是男朋友能够安慰。”她这一类的隽语，向来是听上去有点过分，可笑，仔细想起来却是结实的真实。常常她有精采的议论，我就说：“你为什么不把这个写下来呢？”她却睁大了眼睛，很诧异似地，把脸色正了一正，说：“这个怎么可以写呢？”然而她过后也许想着，张爱玲说可以写，大约不至于触犯了非礼勿视的人们，因为，隔不了多少天，这一节意见还是在她的文章里出现了。这我觉得很荣幸。她看到这篇文章，指出几节来说：

“这句话说得有道理。”我笑起来了：“是你自己说的呀——当然你觉得有道理了！”关于进取心，她说：“是的，总觉得要向上，向上，虽然很朦胧，究竟怎样是向上，自己也不大知道。……你想，将来到底是不是要有一个理想的国家呢？”我说“我想是有的。可是最快最快也要许多年。即使我们看得见的话，也享受不到了，是下一代的世界了。”她叹息，说：“那有什么好呢？到那时候已经老了。在太平的世界里，我们变得寄人篱下了吗？”

她走了之后，我一个人在黄昏阳台上，骤然看到远外的一个高楼，边缘上附着一大块胭脂红，还当是玻璃窗上落日的反光，再一看，却是元宵的月亮，红红地升起来了。我想道：“这是乱世。”晚烟里，上海的边疆微微起伏，虽没有山也像是层峦叠嶂。我想到许多人的命运，连我在内的；有一种郁郁苍苍的身世之感。“身世之感”普通总是自伤、自怜的意思吧，但我想是可以有更广大的解释的，将来的平安，来到的时候已经不是我们的了，我们只能各人就近求得自己的平安，然而我把这些话来对苏青说，我可以想象到她的玩世的，世故的眼睛微笑望着我，一面听，一面想：“简直不知道你在说些什么？大概是艺术吧？”一看见她那样的眼色，我就说不下去，笑了。

星斗其文，赤子其人

汪曾祺

他总是用一种善意的、含情的微笑，来看这个世界的一切。到了晚年，喜欢放声大笑，笑得合不拢嘴，且摆动双手作势，真像一个孩子。只有看破一切人事乘除，得失荣辱，全置度外，心地明净无渣滓的人，才能这样畅快地大笑。

沈先生逝世后，傅汉斯、张充和从美国电传来一幅挽辞。字是晋人小楷，一看就知道是张充和写的。词想必也是她拟的。只有四句：

不折不从
亦慈亦让
星斗其文
赤子其人

这是嵌字格，但是非常贴切，把沈先生的一生概括得很全面。这位四妹对三姐夫沈二哥真是非常了解。——荒芜同志编了一本《我所认识的沈从文》，写得最好的一篇，我以为也应该是张充和写的《三姐夫沈二哥》。

沈先生的血管里有少数民族的血液。他在填履历表时，“民族”一栏里填土家族或苗族都可以，可以由他自由选择。湘西有少数民族血统的人大都有一股蛮劲，狠劲，做什么都要做出一个名堂。黄永玉就是这样的人。沈先生瘦瘦小小（晚年发胖了），但是有用不完的精力。他小时是个顽童，爱游泳（他叫“游水”）。进城后好像就不游了。三姐（师母张兆和）很想看他游一次泳，但是没有看到。我当然更没有看到过。他少年当兵，漂泊转徙，很少连续几晚睡在同一张床上。吃的东西，最好的不过是切成四方的大块猪肉（煮在豆芽菜汤里）。行军、拉船，锻炼出一副极富耐力的体魄。二十岁冒冒失失地闯到北平来，举目无亲。连标点符号都不会用，就想用手中一支笔打出一个天下。经常为弄不到一点东西“消化消化”而发愁。冬天屋里生不起火，用被子围起来，还是不停地写。我一九四六年到上海，因为找不到职业，情绪很坏，他写信把我大骂了一顿，说：“为了一时的困难，就这样哭哭啼啼的，甚至想到要自杀，真是没出息！你手中有一支笔，怕什么！”他在信里说了一些他刚到北京时的情形。——同时又叫三姐从苏州写了一封很长的信安慰我。他真的用一支笔打出了一个天下了。一个只读过小学的人，竟成了一个大作家，而且积累了那么多的学问，真是一个奇迹。

沈先生很爱用一个别人不常用的词："耐烦"。他说自己不是天才（他应当算是个天才），只是耐烦。他对别人的称赞，也常说"要算耐烦"。看见儿子小虎搞机床设计时，说"要算耐烦"。看见孙女小红做作业时，也说"要算耐烦"。他的"耐烦"，意思就是锲而不舍，不怕费劲。一个时期，沈先生每个月都要发表几篇小说，每年都要出几本书，被称为"多产作家"，但是写东西不是很快的，从来不是一挥而就。他年轻时常常日以继夜地写。他常流鼻血。血液凝聚力差，一流起来不易止住，很怕人。有时夜间写作，竟致晕倒，伏在自己的一摊鼻血里，第二天才被人发现。我就亲眼看到过他的带有鼻血痕迹的手稿。他后来还常流鼻血，不过不那么厉害了。他自己知道，并不惊慌。很奇怪，他连续感冒几天，一流鼻血，感冒就好了。他的作品看起来很轻松自如，若不经意，但都是苦心刻琢出来的。《边城》一共不到七万字，他告诉我，写了半年。他这篇小说是《国闻周报》上连载的，每期一章。小说共二十一章，21 × 7 = 147，我算了算，差不多正是半年。这篇东西是他新婚之后写的，那时他住在达子营。巴金住在他那里。他们每天写，巴老在屋里写，沈先生搬个小桌子，在院子里树阴下写。巴老写了一个长篇，沈先生写了《边城》。

他称他的小说为“习作”，并不完全是谦虚。有些小说是为了教创作课给学生示范而写的，因此试验了各种方法。为了教学生写对话，有的小说通篇都用对话组成，如《若墨医生》；有的，一句对话也没有。《月下小景》确是为了履行许给张家小五的诺言“写故事给你看”而写的。同时，当然是为了试验一下“讲故事”的方法（这一组“故事”明显地看得出受了《十日谈》和《一千零一夜》的影响）。同时，也为了试验一下把六朝译经和口语结合的文体。这种试验，后来形成一种他自己说是“文白夹杂”的独特的沈从文体，在四十年代的文字（如《烛虚》）中尤为成熟。他的亲戚，语言学家周有光曾说“你的语言是古英语”，甚至是拉丁文。沈先生讲创作，不大爱说“结构”，他说是“组织”。我也比较喜欢“组织”这个词。“结构”过于理智，“组织”更带感情，较多作者的主观。他曾把一篇小说一条一条地裁开，用不同方法组织，看看哪一种形式更为合适。沈先生爱改自己的文章。他的原稿，一改再改，天头地脚页边，都是修改的字迹，蜘蛛网似的，这里牵出一条，那里牵出一条。作品发表了，改。成书了，改。看到自己的文章，总要改。有时改了多次，反而不如原来的，以至三姐后来不许他改了（三姐是沈先生文集的一个极其细心，极其认真的义务责任编辑）。沈先生的作品写得最快，最顺畅，改得最少的，只有一本《从文自传》。这本自传没有经过冥思苦想，只用了三个星期，一气呵成。

他不大用稿纸写作。在昆明写东西，是用毛笔写在当地出产的竹纸上的，自己折出印子。他也用钢笔，蘸水钢笔。他抓钢笔的手势有点像抓毛笔（这一点可以证明他不是洋学堂出身)。《长河》就是用钢笔写的，写在一个硬面的练习簿上，直行，两面写。他的原稿的字很清楚，不潦草，但写的是行书。不熟悉他的字体的排字工人是会感到困难的。他晚年写信写文章爱用秃笔淡墨。用秃笔写那样小的字，不但清楚，而且顿挫有致，真是一个功夫。

他很爱他的家乡。他的《湘西》、《湘行散记》和许多篇小说可以作证。他不止一次和我谈起棉花坡，谈起枫树坳——一到秋天满城落了枫树的红叶。一说起来，不胜神往。黄永玉画过一张凤凰沈家门外的小巷，屋顶墙壁颇零乱，有大朵大朵的红花——不知是不是夹竹桃，画面颜色很浓，水气泱泱。沈先生很喜欢这张画，说："就是这样!"八十岁那年，和三姐一同回了一次凤凰，领着她看了他小说中所写的各处，都还没有大变样。家乡人闻知沈从文回来了，简直不知怎样招待才好。他说："他们为我捉了一只锦鸡!"锦鸡毛羽很好看，他很爱那只锦鸡，还抱着它照了一张相，后来知道竟作了他的盘中餐，对三姐说"真煞风景！”锦鸡肉并不怎么好吃。沈先生说及时大笑，但也表现出对乡人的殷勤十分感激。他在家乡听了傩戏，这是一种古调犹存的很老的弋阳腔。打鼓的是一位七十多岁的老人，他对年轻人打鼓失去旧范很不以为然。沈先生听了，说："这是楚声，楚声！”他动情地听着“楚声”，泪流满面。

沈先生八十岁生日，我曾写了一首诗送他，开头两句是：

犹及回乡听楚声，
此身虽在总堪惊。

端木蕻良看到这首诗，认为“犹及”二字很好。我写下来的时候就有点觉得这不大吉利，没想到沈先生再也不能回家乡听一次了！他的家乡每年有人来看他，沈先生非常亲切地和他们谈话，一坐半天。每当同乡人来了，原来在座的朋友或学生就只有退避在一边，听他们谈话。沈先生很好客，朋友很多。老一辈的有林宰平、徐志摩。沈先生提及他们时充满感情。没有他们的提挈，沈先生也许就会当了警察，或者在马路旁边“瘪了”。我认识他后，他经常来往的有杨振声、张奚若、金岳霖、朱光潜诸先生、梁思成林徽因夫妇。他们的交往真是君子之交，既无朋党色彩，也无酒食征逐。清茶一杯，闲谈片刻。杨先生有一次托沈先生带信，让我到南锣鼓巷他的住处去，我以为有什么事。去了，只是他亲自给我煮一杯咖啡，让我看一本他收藏的姚茫父的册页。这册页的芯子只有火柴盒那样大，横的，是山水，用极富金石味的墨线勾轮廓，设极重的青绿，真是妙品。杨先生对待我这个初露头角的学生如此，则其接待沈先生的情形可知。杨先生和沈先生夫妇曾在颐和园住过一个时期，想来也不过是清晨或黄昏到后山谐趣园一带走走，看看湖里的金丝莲，或写出一张得意的字来，互相欣赏欣赏，其余时间各自在屋里读书做事，如此而已。

沈先生对青年的帮助真是不遗余力。他曾经自己出钱为一个诗人出了第一本诗集。一九四七年，诗人柯原的父亲故去，家中拉了一笔债，沈先生提出卖字来帮助他。《益世报》登出了沈从文卖字的启事，买字的可定出规格，而将价款直接寄给诗人。柯原一九八〇年去看沈先生，沈先生才记起有这回事。他对学生的作品细心修改，寄给相熟的报刊，尽量争取发表。他这辈子为学生寄稿的邮费，加起来是一个相当可观的数字。抗战时期，通货膨胀，邮费也不断涨，往往寄一封信，信封正面反面都得贴满邮票。为了省一点邮费，沈先生总是把稿纸的天头地脚页边都裁去，只留一个稿芯，这样分量轻一点。稿子发表了，稿费寄来，他必为亲自送去。李霖灿在丽江画玉龙雪山，他的画都是寄到昆明，由沈先生代为出手的。我在昆明写的稿子，几乎无一篇不是他寄出去的。

一九四六年，郑振铎、李健吾先生在上海创办《文艺复兴》，沈先生把我的《小学校的钟声》和《复仇》寄去。这两篇稿子写出已经有几年，当时无地方可发表。稿子是用毛笔楷书写在学生作文的绿格本上的，郑先生收到，发现稿纸上已经叫蠹虫蛀了好些洞，使他大为激动。沈先生对我这个学生是很喜欢的。为了躲避日本飞机空袭，他们全家有一阵住在呈贡新街，后迁跑马山桃源新村。沈先生有课时进城住两三天。他进城时，我都去看他，交稿子，看他收藏的宝贝，借书。沈先生的书是为了自己看，也为了借给别人看的。“借书一痴，还书一痴”，借书的痴子不少，还书的痴子可不多。有些书借出去一去无踪。有一次，晚上，我喝得烂醉，坐在路边，沈先生到一处演讲回来，以为是一个难民，生了病，走近看看，是我！他和两个同学把我扶到他住处，灌了好些酽茶，我才醒过来。有一回我去看他，牙疼，腮帮子肿得老高。沈先生开了门，一看，一句话没说，出去买了几个大橘子抱着回来了。

沈先生的家庭是我见到的最好的家庭，随时都在亲切和谐气氛中。两个儿子，小龙小虎，兄弟怡怡。他们都很高尚清白，无丝毫庸俗习气，无一句粗鄙言语，——他们都很幽默，但幽默得很温雅。一家人于钱上都看得很淡。

《沈从文文集》的稿费寄到，九千多元，大概开过家庭会议，又从存款中取出几百元，凑成一万，寄到家乡办学。沈先生也有生气的时候，也有极度烦恼痛苦的时候，在昆明，在北京，我都见到过，但多数时候都是笑眯眯的。他总是用一种善意的、含情的微笑，来看这个世界的一切。到了晚年，喜欢放声大笑，笑得合不拢嘴，且摆动双手作势，真像一个孩子。只有看破一切人事乘除，得失荣辱，全置度外，心地明净无渣滓的人，才能这样畅快地大笑。

沈先生五十年代后放下写小说散文的笔（偶然还写一点，笔下仍极活泼，如写纪念陈翔鹤文章，实写得极好），改业钻研文物，而且钻出了很大的名堂，不少中国人、外国人都很奇怪。实不奇怪。沈先生很早就对历史文物有很大兴趣。他写的关于展子虔游春图的文章，我以为是一篇重要文章，从人物服装颜色式样考订图画的年代的真伪，是别的鉴赏家所未注意的方法。他关于书法的文章，特别是对宋四家的看法，很有见地。在昆明，我陪他去逛街，总要看看市招，到裱画店看看字画。昆明市政府对面有一堵大照壁，写满了一壁字（内容已不记得，大概不外是总理遗训），字有七八寸见方大，用二爨掺一点北魏造像题记笔意，白墙蓝字，是一位无名书家写的，写得实在好。我们每次经过，都要去看看。昆明有一位书法家叫吴忠荩，字写得极多，很多人家都有他的字，家家裱画店都有他的刚刚裱好的字。字写得很熟练，行书，只是用笔枯扁，结体少变化。沈先生还去看过他，说“这位老先生写了一辈子字”！意思颇为他水平受到限制而惋惜。昆明碰碰撞撞都可见到黑漆金字抱柱楹联上钱南园的四方大颜字，也还值得一看。沈先生到北京后即喜欢搜集瓷器。有一个时期，他家用的餐具都是很名贵的旧瓷器，只是不配套，因为是一件一件买回来的。他一度专门搜集青花瓷。买到手，过一阵就送人。西南联大好几位助教、研究生结婚时都收到沈先生送的雍正青花的茶杯或酒杯。沈先生对陶瓷赏鉴极精，一眼就知是什么朝代的。一个朋友送我一个梨皮色釉的粗瓷盒子，我拿去给他看，他说：“元朝东西，民间窑！”有一阵搜集旧纸，大都是乾隆以前的。多是染过色的，瓷青的、豆绿的、水红的，触手细腻到像煮熟的鸡蛋白外的薄皮，真是美极了。至于茧纸、高丽发笺，那是凡品了（他搜集旧纸，但自己舍不得用来写字。晚年写字用糊窗户的高丽纸，他说：“我的字值三分钱”）。

在昆明，搜集了一阵耿马漆盒。这种漆盒昆明的地摊上很容易买到，且不贵。沈先生搜集器物的原则是“人弃我取”。其实这种竹胎的，涂红黑两色漆，刮出极繁复而奇异的花纹的圆盒是很美的。装点心，装花生米，装邮票杂物均合适，放在桌上也是个摆设。这种漆盒也都陆续送人了。客人来，坐一阵，临走时大都能带走一个漆盒。有一阵研究中国丝绸，弄到许多大藏经的封面，各种颜色都有：宝蓝的、茶褐的、肉色的，花纹也是各式各样。沈先生后来写了一本《中国丝绸图案》。有一阵研究刺绣。除了衣服、裙子，弄了好多扇套、眼镜盒、香袋。不知他是从哪里“寻摸”来的。这些绣品的针法真是多种多样。我只记得有一种绣法叫“打子”，是用一个一个丝线疙瘩缀出来的。他给我看一种绣品，叫“七色晕”，用七种颜色的绒绣成一个团花，看了真叫人发晕。他搜集、研究这些东西，不是为了消遣，是从发现、证实中国历史文化的优越这个角度出发的，研究时充满感情。我在他八十岁生日写给他的诗里有一联：

玩物从来非丧志，

著书老去为抒情。

这全是记实。沈先生提及某种文物时常是赞叹不已。马王堆那副不到一两重的纱衣，他不知说了多少次。刺绣用的金线原来是盲人用一把刀，全凭手感，就金箔上切割出来的。他说起时非常感动。有一个木俑（大概是楚俑）一尺多高，衣服非常特别：上衣的一半（连同袖子）是黑色，一半是红的；下裳正好相反，一半是红的，一半是黑的。沈先生说：“这真是现代派！”如果照这样式（一点不用修改）做一件时装，拿到巴黎去，由一个长身细腰的模特儿穿起来，到表演台上转那么一转，准能把全巴黎都“镇”了！他平生搜集的文物，在他生前全都分别捐给了几个博物馆、工艺美术院校和工艺美术工厂，连收条都不要一个。

沈先生自奉甚薄。穿衣服从不讲究。他在《湘行散记》里说他穿了一件细毛料的长衫，这件长衫我可没见过。我见他时总是一件洗得褪了色的蓝布长衫，夹着一摞书，匆匆忙忙地走。解放后是蓝卡其布或涤卡的干部服，黑灯芯绒的“懒汉鞋”。有一年做了一件皮大衣（我记得是从房东手里买的一件旧皮袍改制的，灰色粗线呢面），他穿在身上，说是很暖和，高兴得像一个孩子。吃得很清淡。我没见他下过一次馆子。在昆明，我到文林街二十号他的宿舍去看他，到吃饭时总是到对面米线铺吃一碗一角三分钱的米线。有时加一个西红柿，打一个鸡蛋，超不过两角五分。三姐是会做菜的，会做八宝糯米鸭，炖在一个大砂锅里，但不常做。他们住在中老胡同时，有时张充和骑自行车到前门月盛斋买一包烧羊肉回来，就算加了菜了。在小羊宜宾胡同时，常吃的不外是炒四川的菜头，炒茨菇。沈先生爱吃茨菇，说“这个好，比土豆‘格’高”。他在《自传》中说他很会炖狗肉，我在昆明，在北京都没见他炖过一次。有一次他到他的助手王亚蓉家去，先来看看我（王亚蓉住在我们家马路对面，——他七十多了，血压高到二百多，还常为了一点研究资料上的小事到处跑)，我让他过一会来吃饭。他带来一卷画，是古代马戏图的摹本，实在是很精彩。他非常得意地问我的女儿："精彩吧?"那天我给他做了一只烧羊腿，一条鱼。他回家一再向三姐称道："真好吃。"他经常吃的荤菜是：猪头肉。

他的丧事十分简单。他凡事不喜张扬，最反对搞个人的纪念活动。反对"办生做寿"。他生前累次嘱咐家人，他死后，不开追悼会，不举行遗体告别。但火化之前，总要有一点仪式。新华社消息的标题是沈从文告别亲友和读者，是合适的。只通知少数亲友。——有一些景仰他的人是未接通知自己去的。不收花圈，只有约二十多个布满鲜花的花篮，很大的白色的百合花、康乃馨、菊花、菖兰。参加仪式的人也不戴纸制的白花，但每人发给一枝半开的月季，行礼后放在遗体边。不放哀乐，放沈先生生前喜爱的音乐，如贝多芬的"悲怆"奏鸣曲等。沈先生面色如生，很安详地躺着。我走近他身边，看着他，久久不能离开。这样一个人，就这样地去了。我看他一眼，又看一眼，我哭了。

沈先生家有一盆虎耳草，种在一个椭圆形的小小钧窑盆里。很多人不认识这种草。这就是《边城》里翠翠在梦里采摘的那种草，沈先生喜欢的草。